FRANÇOISE BOURDIN

Françoise Bourdin a le goût des personnages hauts en couleur et de la musique des mots. Très jeune, elle écrit des nouvelles ; ainsi, son premier roman est publié chez Julliard avant même sa majorité. L'écriture se retrouve alors au cœur de sa vie. Son univers romanesque prend racine dans les histoires de famille, les secrets et les passions qui les traversent. Elle a publié une trentaine de romans chez Belfond depuis 1994 – dont quatre ont été portés à l'écran –, rassemblant à chaque parution davantage de lecteurs. Françoise Bourdin vit aujourd'hui dans une grande maison en Normandie.

Retrouvez toute l'actualité de l'auteur sur :
www.françoise-bourdin.com

COMME UN FRÈRE

FRANÇOISE BOURDIN

COMME UN FRÈRE

belfond

© Belfond, 1997, pour la première édition

© Belfond, un département de place des éditeurs, 2011.

ISBN : 978-2-266-22922-7

Au pied d'un arbre vint s'asseoir
Un jeune homme vêtu de noir,
Qui me ressemblait comme un frère
…

Je ne suis ni Dieu ni démon,
Et tu m'as nommé par mon nom
Quand tu m'as appelé ton frère.

A. de MUSSET
« La nuit de décembre »

1

Le vieillard – quel âge pouvait-il avoir ? – prit son verre d'un geste maladroit. Pourtant ses mains ne tremblaient pas. Il était tel qu'on nous l'avait décrit. Il buvait à petites gorgées, savourant son plaisir.

Personne ne parlait plus. Comme il ne racontait pas souvent *l'histoire*, les rares clients du bar s'étaient approchés de sa table.

La buée sur les carreaux, inévitable ; la pluie audehors, qui faisait fondre la neige ; le poêle graisseux contre lequel je m'appuyais : tout cela faisait partie d'un décor irréel et pourtant banal, comme quelque chose de déjà vu en rêve.

— Je m'en souviens un peu, moi, de Nathan…, dit quelqu'un dans l'ombre, pour relancer le récit.

Sixte haussa les épaules. Le col de sa canadienne couvrit presque entièrement ses joues creuses et tavelées.

— Nathan ! cracha-t-il. Ce fou…

Sa voix s'était cassée sur le dernier mot. Parfois, le passé était trop lourd à porter. Oh, la plupart du temps, il s'en accommodait ! Cependant il connaissait des soirs d'extrême solitude, habités de cauchemars et de souvenirs aigus comme des lames. Dans ces moments-là, il pouvait parler de la famille Desroches durant des heures sans que personne songe à l'interrompre. En somme, les Desroches lui avaient tout pris, et il ne voulait pas vraiment les oublier. Nathan, surtout ! Nathan, bien sûr…

Le village, perdu au milieu des sapinières du Jura, regroupait ses maisons larges et trapues autour de l'auberge vétuste où nous avions trouvé refuge. Les montagnards et les forestiers, silencieux sans être hostiles, semblaient garder dans leur mémoire la cicatrice du drame ancien.

On nous avait parlé de Sixte, durant notre séjour, et nous étions curieux de le découvrir enfin, plus incroyablement vieux que nous ne l'avions imaginé, et toujours accablé par sa mémoire intacte.

L'aubergiste nous avait fait signe de le rejoindre, côté café, aussi avions-nous abandonné notre dîner pour nous précipiter, suivis par la serveuse.

Le bonhomme paraissait ne rien voir de ce mouvement autour de lui. Comment aurait-il pu deviner qu'il était comme une curiosité, presque une fierté, au milieu de ce bourg ? On nous avait dit d'attendre quelques jours, d'être patients, et promis qu'il viendrait là un soir, boire son alcool et entamer son récit. Il le faisait chaque hiver, quand la solitude l'asphyxiait et que le froid noir de la vallée l'isolait davantage.

Dix ans avaient passé mais les gens se souvenaient. Pourtant, personne n'avait accepté de parler. Il fallait rencontrer Sixte pour savoir. Notre seul indice était la maison de Nathan, qu'on avait bien voulu nous désigner, de loin. Nous avions rêvé un moment en observant la lourde bâtisse perchée entre les sapins, près du col, mais aucun de nous ne s'était risqué là-haut. À l'évidence, le lieu était maudit.

Sixte poursuivait, de sa voix fragile de vieillard :

— Il avait du courage, Nathan ! Du courage à soulever un cheval, on ne peut pas lui ôter ça... S'il n'avait pas sauvé Justin et Joa, dans l'incendie, rien ne serait arrivé, vous savez... Mais voilà, c'était écrit que son courage le perdrait ! Il y a des choses, n'est-ce pas... on peut les prévoir, pas les empêcher. Non, je vous jure, il n'avait pas froid aux yeux, Nathan !

L'incendie de la ferme Desroches remontait aux années soixante. Fortunat et sa femme avaient brûlé vifs. Comme le feu s'était mis aux quatre coins des bâtiments à la fois, tout y était passé. La ferme, l'écurie, la bergerie, l'étable, les bêtes, les hangars, le grain : tout ! Sauf Nathan, qui avait sorti son plus jeune frère, Joachim, et ensuite l'autre, Justin, l'idiot.

— C'est facile de l'imaginer, disait Sixte. Il devait se tenir le plus près possible, dévoré d'envie d'y aller mais bien obligé de rester loin des flammes, debout entre un gamin de cinq ans qui pleurait et le simple d'esprit qui était tout habillé, paraît-il, en pleine nuit... Eh oui, ce Justin qui aimait tant les feux et les pompiers, Nathan le savait...

Nous aussi, nous l'imaginions, en écoutant Sixte. On le voyait presque, Nathan, contempler sa maison, ses richesses, mais surtout ses parents qui grillaient dans un brasier gigantesque et dans une lumière de forge bonne à déchiqueter la nuit de la montagne.

— Je n'ai découvert le spectacle qu'au petit jour. Suzanne m'y a traîné dès qu'elle a su. Elle était jeune mais déjà terriblement amoureuse de son Nathan. Elle était comme folle de le trouver en vie. Seulement, lui !...

Sa voix devint plus rauque, son débit se précipita :

— Lui, il était inapprochable. Les cheveux roussis, les mains brûlées et plus de sourcils, avec l'air de quelqu'un qui va tuer... Il portait Joachim sur un bras, comme ça, sans fatigue et sûrement depuis des heures qu'ils étaient là, immobiles. Et, de l'autre main, il tenait Justin. Mais, vous savez, comme il aurait tenu un couteau... Aux gendarmes, il n'a rien dit. Tout le monde a toujours pensé que c'était Justin qui avait mis le feu. Sans le vouloir, bien sûr, sans même savoir : il était simple ! Alors Nathan a gardé Justin, de la même façon qu'il aurait gardé de la dynamite chez lui. Mais surtout...

Le vieillard reprit son souffle, but une gorgée, posa son verre avec précaution. Happé par ses souvenirs, il ne voyait plus personne. On crut qu'il allait se taire pour de bon mais il poursuivit, d'un ton net :

— Surtout, Nathan a conservé Joachim contre lui, juste sur son cœur, et il ne l'a plus jamais lâché.

Oui. D'une certaine manière, Nathan n'avait plus jamais reposé Joachim par terre. Ce petit bonhomme de cinq ans, il l'avait élevé seul. Mais Nathan n'était pas n'importe qui.

La famille Desroches, installée depuis sept générations dans le pays, en était l'une des plus prospères. Pour ce que l'on en savait, du moins, ce qu'on voyait de bêtes et de terres, les montagnards n'aimant guère parler de leurs affaires.

Adolescent, bien avant que l'incendie ne le dépossède de presque tout, Nathan avait déjà un physique de colosse et un caractère de chien enragé. Sa mère avait eu bien du mal à accoucher de ce premier-né plus grand et plus gros que tout ce que la sage-femme avait vu jusque-là. Fortunat, son père, avait décidé de prénommer Nathan cette force de la nature, puis il avait aussitôt fait un deuxième enfant à sa femme. La chance ne lui sourit pas une seconde fois et, lorsque Justin arriva, il ne fallut guère de temps pour s'apercevoir qu'on n'aurait pas avec lui les satisfactions du premier.

Benêt, hilare, simple d'esprit, Justin se révéla idiot, mais personne ne fit d'efforts pour l'aider. À cette époque, la résignation était de mise. Les médecins s'occupèrent vaguement de son cas un moment, puis ils le déclarèrent *à la limite*, ce qui revenait à le renvoyer dans sa famille, sans aucun espoir d'amélioration. Fortunat s'en désintéressa, ainsi que de sa femme. Il se mit à travailler comme une bête, vite secondé puis devancé par Nathan.

La ferme Desroches était un beau domaine, pour cette région déshéritée, et Fortunat croyait à la diversification. Il pouvait d'ailleurs se le permettre, avec l'étendue de ses terres. Ne se contentant plus des vaches, il se mit aux coupes de bois dont Nathan raffola, d'accord qu'ils étaient pour ne pas se satisfaire de l'allocation communale des ventes à la criée. Ensuite il fit des céréales, pour nourrir son bétail, mais avec toute cette neige qui tenait quatre mois par an il ne connut guère de réussite. Alors il eut des moutons, pour être certain de ne manquer aucune source de profit.

À regret, Fortunat dut laisser Nathan à l'école jusqu'à l'âge de seize ans. Nathan y apprit vite et bien, tant il était pressé de retrouver ses forêts. Pour fêter son retour définitif à la ferme, Fortunat se soûla deux jours durant et en profita pour refaire un enfant à sa femme qu'il n'avait plus touchée depuis tant d'années. Ce fut donc Joachim qui naquit de cette mémorable beuverie.

Aussi blond que ses frères étaient bruns, mais avec

les mêmes yeux gris pâle, Joachim était menu, délicat. Les attentions de sa mère n'y changeaient rien, il
mangeait peu. En revanche, il souriait beaucoup. Dès
qu'il fut en âge de marcher, il se mit à suivre Nathan.
Il ne pleurait jamais. Lorsqu'il était fatigué, il se laissait tomber dans l'herbe d'un pâturage et regardait
avec admiration son grand, très grand frère, s'éloigner.
Inexplicablement, durant toute son enfance, Joachim
ne sembla pas s'apercevoir de l'existence de Justin et
de Fortunat. Le monde entier se réduisait, pour lui,
à sa mère et à son frère Nathan. Ce fut d'ailleurs le
premier mot qu'il prononça, en y mettant une absolue
douceur : « Na… than… »

Ses cinq premières années furent heureuses. Il y
avait des moutons à garder, des vaches à traire et des
foins à rentrer, mais Joachim ne voyait que Nathan
qui sciait des arbres. On retrouvait parfois le gamin
dans l'étable ou bien dans un grenier, endormi sur
un blouson de son grand frère qu'il avait traîné avec
lui. Lorsqu'il tombait et s'écorchait, seules les mains
de Nathan pouvaient le relever, il n'en voulait pas
d'autres. Sa plus grande joie fut, très tôt, de monter
sur les épaules de Nathan pour regarder le monde de
haut. Les orages les plus violents – et Dieu sait qu'ils
l'étaient dans ces montagnes – le faisaient rire aux
éclats si Nathan le prenait sur ses genoux. Et les vents
déchaînés le faisaient crier de joie tant qu'il parvenait
à se maintenir contre les jambes de Nathan.

Durant sa petite enfance, Joachim acquit la certi-
tude que le travail était un jeu. Car Nathan s'amusait en tronçonnant les sapins, sifflait en soulevant
des charges à tuer un bœuf, et il n'y avait jamais de
fatigue ou de tristesse dans les journées de ce géant.
Nathan pouvait porter sa hache, son petit frère, ses

cordes, sa sacoche pleine de vin et de jambon durant des kilomètres tout en parlant à la forêt. Et Joachim, émerveillé, racontait le soir à sa mère comment Nathan l'avait enlevé au-dessus de sa tête pour traverser un torrent, ou comment il avait ramené le taureau d'une main jusqu'à son enclos, à travers les combes et les crêts, ou encore avait conduit les moutons vers les sommets en un seul jour.

Mais il y eut l'incendie tragique et il ne resta plus que Nathan dans l'univers de Joachim. Nathan qui reçut la charge de cet enfant comme un cadeau. Tout de suite, il comprit que Joachim n'avait pas peur de l'avenir et que rien ne pourrait vraiment l'atteindre tant qu'il resterait à ses côtés. Il accepta son destin sur-le-champ, ne fit aucune promesse, aucun serment : il n'y avait pas besoin de mots entre eux. Nathan se devait de rebâtir le paradis de Joachim et il se mit au travail.

Malgré toute sa force, il ne tenta pas de relever les ruines de la ferme Desroches. Il descendit à la ville, Joachim toujours sous son bras et Justin attaché à son poignet. Il vit le notaire, inventoria ses biens, obligea l'assurance à payer et rassembla une dizaine d'ouvriers. Puis il choisit, sur ses terres, un ancien bâtiment un peu délabré qu'il fit entièrement reconstruire.

Il avait vingt ans et des goûts singuliers. Il commença par acheter une tente et il y campa, avec ses frères, tout le temps que durèrent les travaux de sa maison. Quelle drôle de maison ! Car Nathan voyait grand, à son échelle. Trop grand, dirent les gens du village. Sans écouter personne, Nathan adjoignit une tour carrée à l'ensemble, et chacun, encore aujourd'hui, se demande pourquoi. Souvenir d'une lecture d'école ou juste pour amuser Joachim ? Toujours est-il que le résultat n'avait rien à voir avec une maison du pays. Et, le plus bizarre, c'est qu'il érigea alors, de ses mains, une écurie comme on n'en avait jamais vu. Il voulut des boxes au lieu des stalles traditionnelles de la région, des abreuvoirs automatiques, un système de chauffage et même une sellerie ! Avec stupeur, les gens découvrirent qu'il avait la passion des chevaux et qu'il n'aimait pas les vaches... Il les garda, toutefois, pour assurer le quotidien, car il possédait encore celles des alpages qui n'avaient pas péri dans l'incendie. Enfin, il acheta six juments et un étalon qui n'avaient aucun rapport, même lointain, avec des chevaux de bât ou de trait.

Certes, les Desroches avaient eu quelques montures, dans le temps, et Fortunat avait même payé à Nathan, un jour de foire, un hongre dit *de selle*. Mais c'était une fantaisie. Imaginer élever des bestiaux de ce type était insensé. Le profil montagneux du terrain l'interdisait. Le climat aussi. Et pourtant... Nathan, bien sûr, réussit. Il se mit à élever puis dresser des chevaux de sang. On vint bientôt lui en acheter de partout, à l'étonnement général. Il vendit ses moutons pour faire niveler, à grands frais, une vaste carrière de sable fin où il se mit à travailler ses poulains. Avec le temps – et surtout l'acharnement qui le caractérisait – il était devenu un très bon cavalier. Bien entendu, son premier soin fut de mettre Joachim à cheval. Avant l'école, après l'école, les dimanches ou en vacances : Joachim montait. Avec plaisir, d'ailleurs, plaisir des bêtes et plaisir d'être avec son frère.

Leur vie était étrange. Nathan payait une veuve pour tenir la maison. La pauvre femme était terrorisée par ce colosse aux yeux gris, autoritaire à l'excès, travailleur infatigable et jouisseur comme personne. Nathan courait les filles, Joachim sur ses talons. Les soirs où

Nathan buvait, Joachim le regardait boire. Les nuits où Nathan troussait des jupons, Joachim attendait derrière la porte. L'un n'allait pas sans l'autre, ombre fidèle et farouche. En revanche, Justin restait à la maison. Enfermé ? Nul n'aurait pu le dire. Mais on savait que Justin avait peur de Nathan et qu'il n'approchait jamais de l'écurie. À table, Joachim parlait gentiment au simple d'esprit alors que Nathan l'ignorait. Tous les dimanches, Justin descendait au cimetière du village et déposait des fleurs sur la tombe de leurs parents. Il accomplissait ce geste rituel d'un air inquiet, contraint par Nathan d'honorer la mémoire de ceux qu'il avait fait mourir dans les flammes. Ensuite il remontait chez lui en courant. Un soir d'été, il s'arrêta au bord du grand pré pour observer les poulains. Nathan le surprit là et lui administra une correction dont il ne mesura pas la force. Justin s'en tira avec un bras cassé. De ce jour, il se mit à fuir les chevaux et ne s'attarda plus jamais. Nathan le tenait et l'aurait écrasé sans scrupule, Justin le comprenait malgré sa sottise.

Nathan aurait pu se faire détester par les gens de la montagne. Bien au contraire, il était respecté, peut-être même admiré, car il était à la fois l'enfant prodige et l'ogre du pays.

Joachim grandissait. Il dormait dans le lit de Nathan, lové comme un chiot contre lui. Leur chambre était immense. Nathan l'avait voulue ainsi, à l'époque, pour que le gamin ait tous ses jouets avec lui et surtout parce qu'il n'avait pas pu se décider à se séparer de son petit frère. Au début, il avait tenu à le rassurer, à le garder sur son cœur. Remplacer la mère, le père, la ferme, les souvenirs. Lui faire une belle enfance. Lui donner un univers magique, tout de tendresse et de sécurité. Puis le temps avait passé sans que rien vienne troubler leurs habitudes.

Une monumentale cheminée trônait dans un coin et chauffait la salle de bains mitoyenne où, durant des années, Nathan avait baigné Joachim chaque soir, lui lavant les cheveux, le coiffant, le séchant sans jamais perdre patience. Nathan aimait Joachim d'un amour immense, inhumain. Il le conduisait à l'école, allait l'y chercher, lui faisait réciter ses leçons, le traînait chez le médecin pour des riens, le bourrait de vitamines. Joachim poussait bien, il était parti pour être très grand lui aussi, même s'il restait fin et fragile face à son frère.

À seize ans, Joachim voulut quitter l'école et, au début, Nathan refusa. Pour finir, Joachim prit des cours par correspondance, car l'idée d'une séparation déplaisait autant à l'un qu'à l'autre. Au bout de quelque temps, ils n'expédièrent plus les devoirs et n'en parlèrent plus.

Puis Joachim eut dix-huit ans. Tout ce qui l'intéressait au monde était toujours Nathan. Et aussi, de façon moindre, les chevaux. La veuve tenait encore leur intérieur, sa crainte de Nathan n'ayant fait que croître avec les années. C'est par cette femme que le village savait à peu près tout de la vie des frères Desroches. Bien sûr, les gens bavardaient. Mais Nathan vendait toujours ses chevaux. Il en vivait, et bien. De plus en plus, c'était Joachim qui débourrait les poulains. Ils avaient calculé que leurs bêtes se payaient plus cher lorsqu'elles étaient bien dressées. Alors ils leur faisaient sauter des obstacles et ils les faisaient danser sur leur carrière de sable. Presque tout leur temps était occupé à ça. Ils avaient acheté un camion rutilant qui fut bientôt connu de la province entière. Ils étaient les seuls éleveurs de chevaux qu'on ait jamais vus. Chacun se souvient parfaitement des superbes anglo-normands qui se succédèrent sur leurs terres à chèvres.

Sixte avait un faible pour eux. Le vieux Sixte, déjà vieux à cette époque-là. Il avait sa fille à marier, après tout, et il y avait des années qu'elle attendait. Nathan était son dieu depuis toujours. Lorsqu'il lui adressait la parole, elle bafouillait et rougissait, puis lui décochait un sourire à damner un saint. Il n'était pas aveugle, Nathan, alors un jour de marché, à la terrasse du tabac, il interpella Sixte. Après cinq ou six tournées, il lui demanda la main de Suzanne. Tout le monde a raconté la scène cent fois. Suzanne sur le point de défaillir, si émue qu'elle en pleurait, et Joachim livide, regardant son frère la bouche ouverte. Pendant ce temps, Sixte et Nathan s'étaient tapé dans la main pour sceller leur pacte. Ce que personne n'a su, hélas, c'est ce que Nathan a dit à Joachim le soir même, dans leur maison, dans leur chambre, dans ce lit qu'ils partageaient depuis treize ans.

À la noce, Joachim fit bonne figure : il le pouvait. Nathan avait beau se marier, Joachim restait le premier dans sa vie, bien entendu. Il avait parlé à Suzanne, très franchement, avant le grand jour. Il était allé la voir seul, sans Joachim, et là, devant Sixte, il s'était expliqué. Suzanne lui plaisait, c'était une affaire convenue. Il voulait des enfants, aussi. Seulement, il y avait Joachim. Surtout, qu'on n'aille pas croire que Nathan le considérait comme élevé et l'écartait. Que non ! Dans sa vie, avant tout, avant même d'ouvrir les yeux le matin, avant de respirer, il y aurait Joachim, et ce pour l'éternité. Suzanne ne fut pas surprise. Elle écouta le discours les yeux baissés. Se crut-elle la plus forte ? Espéra-t-elle que le temps serait son allié ? Quoi qu'il en soit, elle accepta. Avec Nathan, elle en acceptait, des choses ! La maison si bizarre, si vaste, la veuve que Nathan voulait garder, Justin dans un coin avec ses délires, les chevaux omniprésents et enfin Joachim. C'était comme si elle les avait épousés tous les deux. Nathan tenait toujours Joachim sous son bras, contre son cœur.

Il installa sa femme dans une belle chambre d'où elle pouvait voir les montagnes et les poulains dans leur pré escarpé. Il descendit à la ville, comme pour toutes les grandes occasions de sa vie, et acheta pour Suzanne des meubles, des tissus brillants, des miroirs, des lampes, tout ça avec son goût de la démesure. Il encouragea sa femme à prendre la veuve et les comptes en main. Il lui cueillit même des bouquets au hasard de ses promenades à cheval. Mais, dès le premier soir, après avoir rempli son devoir d'époux avec un plaisir évident, il se releva tranquillement et partit dormir dans sa chambre à lui avec son frère.

Nathan demanda à Sixte de venir habiter chez eux, sous prétexte d'éviter à Suzanne d'incessantes allées et venues. Pour être près de sa fille, le vieux accepta. On lui donna une chambre dans la tour, non loin de celle de Justin. Pas plus que Suzanne ou la veuve, Sixte ne se sentit à l'aise. Vivre avec Nathan n'était pas facile. Ses colères étaient devenues légendaires. Il était toujours le premier levé, avant l'aube, et s'il laissait dormir Joachim en quittant le lit sur la pointe des pieds, à peine arrivé en bas il hurlait pour avoir son café et ses bottes bien cirées. Suzanne attendait Joachim pour prendre son petit déjeuner. C'était un moment agréable. Son beau-frère était doux, affectueux, souvent drôle, et elle l'aimait beaucoup. Il avait une façon particulière de prononcer le prénom de Nathan. Il y mettait une sorte de passion égoïste et extasiée. Son monde se réduisait toujours à son frère, rien ne pouvait l'en détourner. Vers huit heures, Suzanne le regardait sortir à son tour, grand et mince, beau à couper le souffle. Puis elle les entendait, toute la matinée, se battre avec leurs chevaux.

Nathan exigeait de Joachim des prodiges. Il faut dire que celui-ci était devenu un cavalier d'exception. Il avait un don réel et aucune bête ne lui résistait longtemps. Il en obtenait le meilleur. Plus léger que son frère, plus patient, c'était toujours lui qui terminait le dressage de leurs chevaux. Il y avait parfois des étrangers qui venaient déjeuner et, après le digestif, Joachim présentait quelque cheval particulièrement bien *mis*. La vente se concluait sur place, le plus souvent, sur cette carrière incongrue dans le paysage en à-pic.

L'argent ne manquait donc pas et Suzanne se montrait bonne épouse. Si elle avait envie de parler, Nathan trouvait quelques instants pour l'écouter. Chaque soir, il lui faisait l'amour presque scrupuleusement et, à sa manière, il n'était pas un mauvais mari. Elle entrait rarement dans la chambre qu'il partageait avec son frère et dont la veuve faisait le ménage. Cependant, lorsqu'elle osait y jeter un coup d'œil, elle restait toute songeuse devant cet univers d'hommes. Les bottes, les éperons et les cravaches avaient remplacé les jouets de Joachim. Trois fenêtres éclairaient le lit, immense, la gigantesque cheminée, les tapis épais que Nathan avait voulus pour son petit frère, les livres qu'il lui achetait et que Joachim dévorait, assommants traités d'élevage et d'équitation supérieure. Suzanne essayait de les imaginer dormant là mais elle n'y parvenait pas. Quelque chose lui échappait dans cette relation farouche qu'ils subissaient l'un de l'autre avec délice.

Un soir, n'y tenant plus, elle demanda à Nathan de rester auprès d'elle. Il était debout, remettant son pyjama, prêt à quitter la pièce comme d'habitude et il la considéra d'un drôle d'air. Elle tenta de lui expliquer que sa place était là, couché près d'elle, et que Joachim avait sans doute, lui aussi, besoin d'une femme. Elle parla longtemps, cherchant ses mots sans qu'il l'interrompe. À la fin, elle se tut et alors Nathan se mit à sourire. Il l'observait gentiment, à présent, du haut de ses presque deux mètres. Il réfléchit une seconde encore puis déclara qu'il conduirait son frère à la ville dès le lendemain, pour voir les putes. Il lui souhaita courtoisement une bonne nuit et s'en fut dormir avec Joachim, bien entendu. À compter de ce jour, Nathan descendit chaque semaine en ville, avec son frère, comme il l'avait dit. Quelque temps après, Joachim se mit à courir les filles ainsi que Nathan l'avait fait avant lui. Ce fut le seul changement. Nathan avait réglé le problème à sa manière, un peu contrit de ne pas y avoir songé tout seul, mais le chapitre fut clos. Suzanne n'insista pas. Elle ne tenait pas à déclencher la colère de son mari. Elle comprit qu'elle devrait se contenter des moments que lui accordait Nathan, sans réclamer davantage.

Sixte entretenait avec son gendre de bonnes relations. D'ailleurs, qu'avait-on envié, autrefois, à Fortunat ? Ses terres, ses bêtes, et surtout son fils, ce géant infatigable. À présent, c'était Sixte qui profitait de tout cela et il ne pouvait pas s'en plaindre. Nathan n'avait pas voulu que son beau-père vende sa ferme et sa terre. Pour que tout ne soit pas à l'abandon, il s'était carrément approprié les prés de Sixte – sans les lui demander – pour ses sacrés chevaux qui exigeaient toujours plus d'efforts mais qui faisaient vivre toute la famille.

Comment Nathan avait-il eu l'idée du cheval de sport ? Certes, il se documentait. Malin, il avait fait installer le téléphone et il prenait volontiers son camion pour aller sur de lointains terrains de concours. On commençait à le connaître dans le milieu hippique. Il passait pour un original, un ours, mais la qualité de ses bêtes était indiscutable. La montagne leur donnait le pied sûr, le jarret solide et un souffle à toute épreuve. Les quelques privilégiés venus acheter leurs chevaux chez lui avaient gardé un souvenir ébloui des démonstrations de Joachim. Ainsi allait la réputation des frères Desroches.

Suzanne aimait bien regarder les juments et leurs poulains dans les prés. Nathan ne cherchait pas à l'en empêcher mais, lorsqu'elle exprima l'envie d'apprendre à monter, il refusa tout net. Les chevaux n'étaient pas que son gagne-pain, ils représentaient une véritable passion que seul Joachim avait le droit de partager. Suzanne se vit confier les vaches, puisqu'elle aimait les bêtes, et elle dut s'en arranger.

Depuis toujours, Suzanne adorait Nathan. Du plus loin qu'elle puisse s'en souvenir, il avait été son but unique, son ambition, son horizon. Parfois, elle n'en revenait pas de l'avoir épousé. Dans ces moments-là, elle riait toute seule, ivre de joie, prête à tout accepter, se jurant de ne jamais dépasser les limites qu'il avait imposées. Elle fut enceinte dans la première année de leur mariage, ce qui ne l'étonna guère vu l'assiduité de son mari. Malheureusement, ce fut une fille. Nathan se déclara enchanté et s'en désintéressa aussitôt. Cependant, à partir de la naissance, il se mit à prendre des précautions. Frustrée, Suzanne voulut protester mais ne réussit qu'à le faire rire. Il lui ferait l'amour de cette manière-là et pas d'une autre, dorénavant, car il ne voulait plus d'enfant. Après tout, il avait élevé Joachim et il n'avait peut-être pas envie de tout recommencer avec un fils. Une fille, il la lui abandonnait volontiers. D'ailleurs la petite était ravissante, tout le portrait de son oncle Joachim... On n'avait qu'à l'appeler Juliette.

Suzanne ne trouva rien à ajouter. Nathan la connaissait bien, surtout sous les draps. Il la contenterait, chaque nuit, elle le savait, même en employant des moyens peu catholiques. Mais quant à la nombreuse progéniture dont elle avait pu rêver, ou même à un seul petit garçon bien à elle, c'en était fini.

La vie continua chez les Desroches. Pas mauvaise, à vrai dire, malgré ses bizarreries. Puis Joachim se mit à regarder rêveusement sa nièce et à songer que lui aussi devrait un jour se marier et faire des enfants. Il en parla à Nathan qui l'encouragea dans cette idée mais, indiscutablement, leurs ennuis partirent de là. Car Nathan n'avait toujours pas reposé Joachim par terre. Il le tenait toujours sous son bras, contre son cœur.

2

— Il ne donne pas son dos… Il précipite ! Soutiens-le, bon sang !

Assis sur la barrière de ciment de la carrière, Nathan regardait Joachim évoluer. Il mâchonnait son sempiternel cigare, cent fois éteint, cent fois rallumé. Joachim reprit la diagonale et recommença l'exercice.

— Tu ne l'attends pas ! hurla Nathan. Qu'il baisse d'abord son nez !

Imperturbable, l'autre décrivit une volte et redemanda l'effort à son cheval. C'était un superbe gris qu'ils travaillaient depuis deux ans. Peut-être leur plus belle bête.

— Oui, s'exclama Nathan, souriant d'un coup. Comme ça, il engage, il est magnifique… Si Fournier le voit dans un bon jour, je vais le lui vendre un paquet de billets ! Laisse-le là-dessus, Joa.

Docile, Joachim remit l'anglo au pas, lui rendit la main et descendit pour marcher à ses côtés.

— Va le sécher au box, il fait froid…

Nathan précéda son frère vers l'écurie. Au passage, il caressa les naseaux de sa jument favorite, Atlanta, qui lui avait donné ses meilleurs poulains.

En ce début d'hiver, les jours étant courts, les deux

frères déjeunaient tard, après avoir travaillé toute leur cavalerie. Ils terminaient toujours par le gris ou par un alezan, cabochard mais splendide, que Nathan adorait. Il n'avait pas encore neigé, sauf sur les lointains sommets. Le vent glacial coupait les joues. Joachim enfila son blouson avant de quitter l'écurie. Nathan avait déjà distribué les rations de grain en l'attendant.

— On rentre ? J'ai faim…

Nathan prit son frère par les épaules et ils se dirigèrent vers l'arrière de la maison. Ils entraient toujours par la cuisine, sagement, mais n'ôtaient jamais leurs bottes avant le soir et salissaient les carrelages comme les parquets. Suzanne les accueillit fraîchement.

— Vous rentrez de plus en plus tard ! Si ça continue, on se passera de déjeuner.

— Toi, peut-être, dit Nathan sans élever la voix.

Elle se le tint pour dit et servit la blanquette.

Elle était obligée de préparer d'énormes quantités de nourriture. Nathan mangeait à la mesure de sa taille et Joachim n'avait rien à lui envier. Ils s'installèrent de part et d'autre de l'imposante table de chêne. La veuve disait toujours que la maison était faite pour un géant, et il est vrai que Nathan aimait les grands meubles, les grandes cheminées, les grands escaliers et même les grandes baignoires.

Il se servit de vin, emplissant son verre jusqu'en haut, avant de passer la bouteille à son frère. Comme chaque jour, depuis quinze ans, il dit à la veuve de s'asseoir, ce qu'elle n'aurait jamais osé s'il ne le lui avait demandé. Suzanne donna de l'eau à Justin. Elle l'aimait bien. Il était beaucoup plus petit que ses frères et nettement moins réussi. Il avait un air pitoyable, il parlait rarement en présence de Nathan, mais quelque chose en lui émouvait Suzanne, la rendait presque malheureuse.

— Tu as faim ? lui demanda-t-elle gentiment.

Elle n'était jamais sûre qu'il comprendrait ni qu'il répondrait. Pourtant, il hocha la tête et elle remplit son assiette. Elle savait bien qu'il traînait toute la journée comme une âme en peine, mais avait-il une âme ? Il se tenait éloigné des chevaux, les observant de loin. Il construisait des maisons pour les poupées de chiffon qu'il fabriquait.

Suzanne eut un petit haussement d'épaules. Il ne fallait pas s'attendrir sur Justin. Il y avait tellement de joie de vivre et de force chez les deux autres que Justin paraissait souvent encore plus malingre ou plus solitaire qu'il ne l'était en réalité. Par exemple, la petite Juliette, du haut de ses trois ans, regardait toujours avec un sourire ravi cet oncle un peu bizarre mais si proche de l'enfance.

Sixte, au bout de la table, passait son temps à surveiller Nathan du coin de l'œil. Même dans leur vie tranquille, bien réglée, Sixte avait le pressentiment que son gendre les entraînerait un jour ou l'autre vers un drame. Il attendait.

N'ayant plus de pain, Joachim prit machinalement celui de Nathan.

— Tu veux mettre Noé sur les gros ? demanda-t-il en tendant de nouveau son assiette à Suzanne.

— Tu manges trop vite, dit Nathan. Noé ? Oui, il est prêt... On va aller consolider le cross cet après-midi. Il y a des troncs vermoulus, et le trou du saut de puce s'est comblé. On lui fera voir le parcours demain matin. Il ira franchement, il n'a peur de rien...

Nathan voulait vendre l'alezan comme cheval de concours complet, et Joachim avait fait du très bon travail jusque-là, malgré le caractère exécrable de l'animal.

— Tu sais, protesta Joachim, il risque de s'énerver comme un fou quand il sera dans la descente de Jarrigue et...

— Tu n'auras qu'à le reprendre à mi-pente, avant qu'il ne fasse le con... Justin !

Nathan venait de donner un violent coup de poing sur la table. Il y eut un silence. Une assiette était cassée. Justin avait lâché le briquet avec lequel il jouait depuis quelques secondes. Fuyant le regard de son frère, il se remit à mastiquer sa viande.

— C'est à qui, ça ? demanda Nathan qui avait allongé le bras et saisi le briquet.

— À moi, donne, soupira Joachim.

Et, comme c'était Joa, Nathan se calma aussitôt.

— Fais-nous du café, Suzanne...

La pendule indiquait trois heures. Justin se leva et quitta sans bruit la cuisine. Joachim, appuyé sur l'épaule de Nathan, semblait se reposer. Et Nathan ne rallumait pas son cigare pour ne pas déranger son frère. C'était un moment agréable, l'hiver, que l'après-déjeuner. En principe, Nathan n'avait aucune raison de se mettre en colère. Joachim était paisible, calmé par ses heures d'équitation matinale. Suzanne se détendait en pensant au menu du dîner. La veuve s'affairait silencieusement. Sixte, qui bourrait sa pipe, demanda :

— Tu sors, ce soir, Joachim ? Marie est venue, tout à l'heure, elle te fait dire qu'elle t'attendra jusqu'à huit heures où tu sais...

Joachim s'était redressé. Il paraissait un peu gêné. Nathan regarda Sixte, une seconde, d'une manière indéfinissable. Marie Guérard était la fille d'un voisin. Ils la connaissaient de vue depuis bien longtemps. Elle travaillait à l'épicerie du village où elle donnait un coup de main le matin. Joachim n'avait pas semblé s'intéresser davantage à cette fille qu'aux autres, jusqu'ici. Or, Joachim n'avait aucun secret pour Nathan. Jamais. Il y eut un long silence. Nathan essayait d'imaginer son frère et Marie ensemble.

— Elle est mignonne, cette petite, laissa-t-il enfin tomber.

Joachim, très ennuyé, voulut se défendre.

— Je lui avais seulement proposé... enfin, si on pouvait sortir ensemble, quoi, mais elle va vite en besogne et...

— Pourquoi lui donnes-tu rendez-vous dehors en plein hiver ? coupa Nathan avec ironie. La maison est grande ouverte, tu sais !

Ainsi, il avait deviné le lieu du rendez-vous, ce « où tu sais » prudent de Sixte ne l'avait pas trompé un instant. Suzanne servait le café, les yeux baissés, prodigieusement attentive.

— Amène-la donc dîner au restau, si on te fait honte, chez Sylvain ils ont du gibier, en ce moment...

Joachim se tourna carrément vers son frère et le dévisagea, intrigué.

— Tu es certain que ça ne t'ennuie pas ?

— Pourquoi veux-tu ?

Et Sixte fut le seul à percevoir le défi sous la question insouciante de Nathan. L'après-midi se passa comme d'habitude puis Joachim quitta la maison vers sept heures et demie sans que Nathan paraisse seulement le remarquer. Après le dîner, ainsi qu'à l'accoutumée, Suzanne et lui montèrent faire l'amour.

Malgré elle, Suzanne attendait ce moment chaque soir. Nathan se déshabillait dans sa chambre puis venait la rejoindre. À défaut d'être tendre, il était toujours amical. En entrant, il laissait tomber sa robe de chambre écossaise et elle le regardait venir à elle. Le lit craquait sous le poids du géant tandis qu'elle riait, éperdue. Ils parlaient peu. Nathan s'occupait de son plaisir à elle, appliqué mais toujours prudent, s'en tenant à sa méthode. Elle se tordait sous lui, dépossédée de quelque chose mais pleinement consentante.

Ce soir-là, après l'avoir prise et reprise, il s'attarda. Devinant qu'il pensait à Joachim, elle voulut lui dire quelque chose mais ne trouva rien. Il parla le premier, après s'être assis pour allumer un cigare.

— C'est bien, dit-il lentement. Bien que le petit s'amuse...

Elle hésita avant de murmurer :

— Oui, c'est bien, elle est gentille, Marie.

— Très ! approuva-t-il trop vite.

Il tira une longue bouffée, écrasa son cigare à peine entamé et se rallongea. Elle lui posa la main sur l'épaule avec toute la tendresse et la chaleur qu'elle portait en elle. Au bout d'un moment, il parut se détendre et elle en profita pour éteindre la lampe de chevet. Son cœur battait à grands coups. Si Nathan s'endormait, ce serait pour elle une véritable victoire. Elle continua de lui caresser la nuque, du bout des doigts, et il grogna dans un demi-sommeil. Elle souriait aux anges, dissimulée par l'obscurité, se prenant à espérer qu'il reste. Elle respirait à peine, humant à petits coups l'odeur de son mari, tabac et amour mélangés.

Elle sursauta en entendant frapper. Sans attendre la réponse, Joachim entra, alluma, sourit à Suzanne et alla s'asseoir au bord du lit, du côté de son frère.

— Tu viens te coucher ? demanda-t-il d'une voix pâteuse.

— Tu es déjà là ?

Il y avait tant de douceur dans la voix de Nathan que Suzanne eut aussitôt les larmes aux yeux. Mais les deux frères ne lui accordaient aucune attention.

— Tu as bu, non ? disait Nathan en se levant. On ne vaut rien avec les filles quand on boit, je te préviens...

Il était debout, son bras autour de Joachim qu'il entraînait vers leur chambre, leur univers. Tout de même, il tourna la tête vers sa femme.

— Dors bien, ma belle, dit-il avant de sortir.

Dès qu'il fut chez lui, il se jeta sur son lit avec un plaisir évident et exigea :

— Raconte !

— Pas grand-chose...

Nathan rit de bon cœur devant l'expression mitigée de son frère.

— Allez, quoi... Tu l'as sautée ?

— Non.

— Non ? Pourquoi ? Elle ne te plaît plus ?

— Elle me plaît trop.

Joachim se coucha tout habillé près de son frère. Il mit sa tête sur le bras de Nathan, par habitude, et ferma les yeux.

— Elle a beaucoup parlé de toi, murmura-t-il enfin.

De nouveau, Nathan parut s'amuser.

— Elle est peut-être timide ? suggéra-t-il. Il faut bien parler de quelque chose ou de quelqu'un... Remarque que, moi, je ne lui aurais pas laissé le loisir de bavarder !

— Je sais..., soupira Joachim.

Il secoua sa tête comme un chiot, pour mieux faire son creux dans le bras de son frère.

— Dis-moi ce que tu penses d'elle.

— Marie ? C'est une belle fille... La famille a un

peu de terres... mais aussi beaucoup d'enfants ! Ils sont sept, non ? Seulement tous les autres sont partis à la ville alors qu'elle n'a pas l'air de vouloir quitter le pays, c'est plutôt bon signe... Tu y penses sérieusement, Joa ?

— Je ne vois pas si loin ! Je me fous pas mal de ses terres. Je n'ai pas dit que j'allais la demander à son père ! Je veux juste savoir comment tu la trouves...

— Bien. Je la trouve bien. Commence par la baiser, tu y verras plus clair ensuite.

Joachim se tourna à moitié vers son aîné pour lui sourire.

— Je voudrais ne jamais partir d'ici, Nathan.

La voix était grave et les yeux de Joachim, si clairs qu'ils en étaient transparents, se posaient sur son grand frère avec une absolue confiance. Sans conviction, Nathan murmura :

— Mais les enfants, Joa ? Tu veux avoir des enfants, un jour ?

— Oui ! Comme toi. Comme tu as fait, toi.

— Tu veux trop de choses à la fois.

— Pourquoi ?

Il y avait eu, dans la protestation de Joachim, un élan si puéril que Nathan sourit, désarmé.

— Elle te rend bien nerveux, ta conquête, railla-t-il à voix basse. Tu l'as emmenée dîner chez Sylvain ?

— Non. On a marché. On a parlé, un peu flirté... Elle avait emporté une bouteille d'eau-de-vie. On a traîné, quoi. D'habitude, c'est facile, mais je ne sais pas m'y prendre avec elle. À cause du froid, peut-être, mais j'étais incapable de... Même d'essayer, tu vois ?

Nathan éteignit la lumière, de sa main libre, puis déclara :

— Nous l'emmènerons tous les deux au restaurant,

la prochaine fois. D'accord ? Comme ça, je la connaîtrai mieux cette fille... Et toi, tu n'attraperas pas la crève !

Joachim se laissa aller, détendu d'un seul coup par l'approbation de son frère. Il eut un long soupir d'aise avant de s'endormir, toujours tout habillé.

Après le départ de son mari, la veille, Suzanne s'était longtemps retournée dans son lit sans trouver le sommeil. Elle avait passé une très mauvaise nuit. Pourtant elle ne détestait pas Joachim, et d'ailleurs elle vivait là une situation très ancienne. Mais voilà, elle avait toujours cru que Nathan finirait un soir par rester près d'elle, à sa place d'homme, et que Joachim volerait enfin de ses propres ailes. Elle ne parvenait pas à se résigner. Son obéissance n'était qu'une apparence. Voir Nathan se relever chaque nuit pour regagner sa chambre la rendait folle. Parce qu'elle l'aimait encore comme au premier jour, comme lorsqu'elle l'avait vu pour la première fois. Elle était si jeune, si gamine ! C'était bien longtemps avant qu'il la demande. Elle avait fondu devant sa stature, son regard pâle, son sourire, sa façon de toujours un peu s'excuser de prendre autant de place, partout où il allait. Elle avait multiplié les occasions de le croiser au village ou sur la route, elle s'était mise cent fois en travers de son chemin. Elle avait rêvé de lui, trépignant de désir dans son lit de jeune fille, elle l'avait même photographié en douce, lors d'un banquet, et avait froissé le cliché durant trois ans sous son oreiller. En l'épousant enfin, elle avait tout accepté de lui, colères et bizarreries comprises. Elle avait plié devant l'omniprésence de Joachim. Plié, pas abdiqué. Alors elle continuait d'espérer, malgré tout, ne voulant pas renoncer. À cette époque, déjà,

Sixte aurait pu le lui dire, si elle avait voulu l'écouter : Nathan était enchaîné à Joachim pour toujours. Et Joachim n'avait aucune envie de libérer son frère.

Elle préparait le petit déjeuner, tendant l'oreille aux bruits de la maison. Des rires lui parvenaient de la salle de bains, là-haut. Leur salle de bains à eux. Pas l'autre, celle dont tout le monde se servait, non, la *leur*.

Suzanne posa violemment une miche de pain sur la table. Ils finiraient par réveiller Juliette avec leur tapage. En principe, Nathan descendait silencieusement, mais c'était pour ménager le sommeil de Joachim. Elle haussa les épaules, énervée de se sentir aussi mesquine. Nathan aimait sa fille, même s'il ne s'en occupait guère. À vrai dire, il ne songeait pas à elle tant qu'elle ne tombait pas sous ses yeux. Sa tête était pleine, entièrement, de Joa et des chevaux. Toutefois, lorsqu'il rencontrait la petite au détour d'un couloir ou d'une porte, il lui manifestait toujours une sincère affection.

Sans véritable appétit, Suzanne mordit dans une tranche de pain noir. Elle sursauta en entendant trembler l'escalier. Les deux frères descendaient, l'un poursuivant l'autre. Joachim fit irruption dans la cuisine, à bout de souffle, et réussit à mettre la table entre lui et Nathan.

— Paix ! dit son frère dans un éclat de rire.

Joachim se laissa tomber sur le banc qui grinça.

— Vous faites trop de bruit, protesta Suzanne, il n'est que six heures.

Nathan lui adressa un clin d'œil, en guise d'excuse, et lui tendit son bol.

— Nous avons beaucoup de travail, ne nous attends pas avant deux ou trois heures de l'après-midi…

Elle hocha la tête, agacée par l'idée d'un déjeuner

si tardif. Elle les regarda dévorer un moment, sachant qu'ils reviendraient encore plus affamés et qu'elle allait devoir passer sa matinée en cuisine. Elle se servit un supplément de café.

— Les bottes, dit Nathan, et elle se releva.

Dans l'office, excédée, elle ramassa les deux paires de bottes que Sixte cirait chaque soir avant de se coucher. Nathan n'avait jamais voulu porter des bottes de caoutchouc qu'on aurait pu laver à grande eau. Le luxe des deux frères tenait dans ces superbes cuirs sur mesure qu'ils crevaient en deux hivers tout au plus.

Elle rapporta les bottes, les posa entre eux et les considéra sans indulgence tandis qu'ils finissaient de s'équiper. Lorsqu'ils sortirent enfin, l'aube n'était pas levée. Suzanne soupira en commençant à nettoyer la table qu'ils avaient dévastée.

Noé dansait d'une jambe sur l'autre dans le petit jour glacé. Joachim le contenait pour rester à la hauteur de son frère qui les accompagnait, à pied. Les sapins étaient couverts de givre mais le sol restait praticable. Nathan s'arrêta devant un fossé qu'ils avaient agrandi la veille.

— Ici, il va marquer un temps d'arrêt. Laisse-le regarder mais soutiens la cadence. Empêche-le de décoller trop tôt. Il faut qu'il descende là-dedans, car s'il veut tout avaler d'un coup pour se recevoir de l'autre côté, vous allez exploser. D'accord ?

Joachim écoutait Nathan avec attention. Noé, que le froid fouettait, ronflait sourdement en gonflant ses naseaux. Il secouait la tête, et les veines saillaient le long de son encolure et sur ses épaules musclées. C'était une bête vraiment splendide. D'un rapide coup d'œil Nathan vérifia que le cheval avait bien des protections sur les quatre membres. Puis il releva les yeux vers son frère.

— Joa, gronda-t-il, ton casque !

— J'ai pas envie, j'ai froid. On peut y aller, Nathan ?

— Va chercher ton casque.

— Oh, Nathan !

— Va chercher ton casque ! hurla le géant, et Noé fit un violent écart.

Joachim, furieux, remit droit son cheval et descendit. Il jeta les rênes à son frère puis partit en courant vers l'écurie. Nathan eut un rire silencieux. Comme Noé s'agitait de plus en plus, il se mit à marcher en lui parlant.

— Viens là, mon beau, viens... Tu les vois, les obstacles ? Eh bien, ce n'est rien du tout pour toi, ça... Une promenade de santé ! Et ne va pas me casser Joa, hein ?

Il ressentait une vague inquiétude dont il ne savait comment se défaire. Il observa la tête du cheval dont les yeux roulaient. Il fondait de grands espoirs sur cet animal mais quelque chose dans son comportement le dérangeait. Lui qui n'avait jamais froid se surprit à frissonner. Sa main devint plus dure sur la rêne de Noé.

— Tu m'entends, tête de pioche, marmonna-t-il, ne fais pas le con sur ce parcours...

Il marchait à très grandes enjambées pour se réchauffer. Joachim le rejoignit enfin, bouclant son casque de mauvaise grâce.

— Tu me fais perdre un temps fou, lui dit Nathan en l'aidant à se mettre en selle.

Joachim vérifia machinalement ses sangles et interrogea Nathan du regard.

— Vas-y, l'encouragea Nathan. Je reste ici. Et ne le laisse pas t'emmener !

Le cheval s'éloigna au trot, fouaillant l'air de sa queue. Nathan demeura seul dans le silence presque absolu de cette aube d'hiver. Il tendait l'oreille pour percevoir l'approche de Joachim. Il calcula le temps qu'il lui fallait pour retourner au départ de la piste de cross. Il l'imagina sans peine mettant enfin Noé au galop et abordant le premier saut, un simple tronc d'arbre. Le cheval voyait pour la première fois ces obstacles, patiemment construits par les deux frères. Nathan guettait, plissant les yeux pour le distinguer entre les sapins. Il entendit d'abord le martèlement des sabots. Joachim devait avoir du mal. Enfin il aperçut à contre-jour la silhouette de Noé qui, comme prévu, gardait la tête trop haute, luttant contre la main de son cavalier. Au passage du talus, le cheval parut s'envoler, et Nathan entendit la voix de Joachim qui tentait de le calmer. Ils fonçaient vers le fossé. De son œil exercé, Nathan enregistra d'un coup la splendide foulée de l'animal, pourtant freiné par Joa, ses oreilles tendues en avant, l'écume qui mouillait ses flancs, sa bouche ouverte qui grinçait sur l'acier du mors. À l'abord de l'obstacle, ils semblèrent flotter un instant, surpris l'un comme l'autre. Joachim l'enleva aussitôt, trop tôt, et ils disparurent au fond du trou pour en émerger dans la même seconde. La réception avait dû être mauvaise car Joachim était de travers, déséquilibré. Noé en profita pour accélérer en direction de Jarrigue.

— Reprends-le ! hurla Nathan.

Il se retrouva presque immédiatement seul, de nouveau, dans le silence feutré de la forêt. Il soupira. Il avait oublié le froid, l'angoisse. Il se mit à rire.

Joachim était un cavalier hors pair. Et Noé allait très bien se vendre, dans quelque temps.

— Il est fou, tu sais…, dit une voix derrière lui.

Son frère revenait, au pas, rênes longues. Le cheval ne soufflait même pas.

— Vous n'avez pas traîné ! Mais tu le laisses s'amuser… Il profite de toutes tes fautes.

— Désolé. J'ai fait exactement le contraire de ce que tu m'avais demandé. Il est parti trop tôt, à deux foulées, au lieu de descendre sans effort. C'est idiot…

— Je me mets toujours à l'endroit où tu vas faire une erreur, riposta Nathan. Tu as eu du mal, dans la descente ?

— Un peu. Il s'est repris sur le contrebas. Il est sacrément puissant et je ne veux pas lui casser la bouche. Avec toi, il serait plus raisonnable.

— C'est hors de question, voyons ! Je suis trop lourd pour lui. Déjà, toi, pour un petit modèle comme ça… Mais vous faites un beau couple, aussi allumés l'un que l'autre !

Joachim mit pied à terre pour marcher à côté de son frère.

— Je ne l'aimais pas lorsqu'il était poulain, tu t'en souviens, Nathan ? Je n'aurais jamais cru qu'il deviendrait aussi beau et aussi fort. Seulement je ne l'aime toujours pas.

— Oh, toi, tu n'as aucune idée, avec les jeunes ! Il te faut des chevaux tout faits, tout prêts.

Joachim haussa les épaules avec insouciance.

— Je m'en fous, tu es là pour me dire…

Ils avançaient vite, le cheval entre eux.

— J'ai envie d'un café avant de sortir les autres. Pas toi ?

Ils allèrent bouchonner Noé dans son box puis regagnèrent la cuisine où ils eurent la surprise de trouver Marie en grande conversation avec Suzanne.

— On a faim, on a froid et on est pressés, dit méchamment Nathan à Suzanne.

Il se tourna vers la jeune fille, la détaillant de bas en haut avant de croiser son regard.

— Alors comme ça, on se promène ? Tu ne travailles pas, ce matin ?

Elle s'était levée et se tenait devant lui, toute petite et menue, ravissante, ne ménageant pas son sourire.

— Bonjour Nathan, salut Joachim... Je suis venue demander une recette à Suzanne et...

— Ne t'excuse pas ! protesta Nathan. De toute façon, on ne fait que passer et on vous laisse entre filles !

Il était aussi grand assis qu'elle qui était restée debout, intimidée. Joachim la couvait des yeux, il dut avaler sa salive avant de parler.

— Mon frère et moi... on voulait t'inviter à dîner chez Sylvain, un de ces soirs. Tu serais d'accord ?

Marie hocha la tête très vite, à plusieurs reprises.

— Quand vous voulez ! C'est très gentil.

— Demain, alors, trancha Nathan.

Suzanne avait l'habitude d'être exclue de ce genre de sortie et elle ne dit rien. Marie buvait son café au lait sans regarder personne. Joachim s'était glissé près d'elle, sur le banc, et n'avait pas encore pensé à se servir lorsque Nathan se releva.

— On y va, Joa.

Surpris, Joachim suivit son frère mais embrassa Marie sur la joue avant de partir.

Tout le reste de la matinée, Nathan fut peu loquace. Il surveilla le travail de Joachim sur le gris sans faire le moindre commentaire. Puis il sortit ses deux chevaux, les seuls qui supportaient son poids, Lorient et Maréchal. Ensuite il s'occupa des rations de grain et de fourrage. Ce fut le fracas d'un obstacle renversé qui le sortit de son mutisme. Il se précipita vers la carrière en courant. Joachim se remettait en selle et il rassura son frère.

— Il a voulu dérober et il a accroché le chandelier ! Tout a dégringolé !

Comme Joachim riait, Nathan explosa de rage.

— Tu le laisses faire ? Et ça t'amuse ?

Il enjamba la barrière de ciment pour venir se planter devant son frère.

— S'il prend l'habitude de dérober, il est bon pour la boucherie. On n'a pas de temps à perdre, vu ? Maintenant, montre-moi ce qu'il sait faire. Je monte la barre d'un trou et il passe du premier coup. Sinon… je renonce.

Joachim ne craignait pas son frère. Jamais Nathan ne s'était mis en colère contre lui. Tout au plus hurlait-il des ordres lorsqu'ils travaillaient les chevaux. Mais pour le reste, tout le reste de leur vie depuis vingt ans, Nathan n'avait pas eu un seul mot méchant, encore moins un geste. Ses énormes colères, dans lesquelles Joachim n'intervenait pas, avaient pour cible le monde entier mais pas son petit frère. D'ailleurs Joachim respectait beaucoup trop Nathan pour avoir besoin de le craindre. Il voulut plaider.

— Écoute, Nathan, c'est trop haut pour lui…

— Viens sur cette barre tout de suite, Joa !

Joachim fronça les sourcils puis hocha la tête. Nathan avait presque toujours raison avec les chevaux. Il décrivit une large boucle, au galop de chasse, et présenta l'animal bien droit au milieu de l'obstacle. Tout son instinct en éveil, il sentit que le cheval allait refuser et, prenant ses rênes d'une main, il le cravacha. Ses jambes s'étaient refermées comme un étau sur les flancs, et les éperons obligèrent le poulain à se porter en avant. Son saut fut maladroit mais l'obstacle était franchi. Nathan avait oublié sa mauvaise humeur.

— Tu y crois donc, à cette carne ? demanda-t-il en riant.

Joachim tournait autour de lui, au pas.

— Tu sais bien que je n'y connais rien en matière de poulains, persifla-t-il.

— C'est bien vrai ! Alors tu devrais m'écouter. Cette bête ne fera jamais rien de bon.

Joachim sauta à terre et s'approcha de son frère à le toucher.

— Donne-le-moi, dit-il.

— Te le donner ? Comment ?

— Fais-m'en cadeau. On ne le vendra pas. Comme ça, personne ne lui demandera rien d'extraordinaire. Ce sera mon cheval.

— Et qui le montera ?

— Moi. Après le travail des autres. Pour le plaisir. T'as sûrement raison, il ne vaut rien, mais il m'amuse. Je voudrais qu'il ne parte pas d'ici. S'il te plaît, Nathan...

Il regardait alternativement son frère et le poulain.

— S'il te plaît, répéta-t-il doucement.

— Mais... Oui, Joa.

Nathan tendit la main et ébouriffa les cheveux de Joachim.

— Si tu le veux, il est à toi. Je ne savais pas que tu y tenais tant.

Il jeta un coup d'œil vers l'animal avant d'ajouter :

— Il est long-jointé, grêle, en plus il est têtu comme

un mulet et il ne sait rien faire ! Mais, si tu ne veux pas qu'on le mange, je te le donne, évidemment !

Joachim souriait et Nathan poursuivit :

— C'est le poulain le plus moche que nous ait fait Atlanta. J'aurais dû nous en débarrasser avant que tu t'y attaches... Il est à toi, Joa !

Avec un rire tonitruant, il envoya une bourrade à Joachim qui fut plaqué contre le cheval. Sans lui laisser le temps de respirer, Nathan le saisit par une jambe et le remit en selle.

— Va promener ton cheval, va !

Joachim démarra aussitôt, traversa la carrière en trois foulées et s'engagea dans le sentier qui grimpait au milieu des sapins.

— J'ai donné Tempo à Joa, annonça Nathan en entrant dans la cuisine.

— Donné ?

— Oui, cadeau. Il en avait envie et je ne l'avais même pas deviné ! Bon, enfin, ne compte pas sur lui pour le déjeuner.

Ulcérée, Suzanne désigna l'horloge.

— Il est trois heures et il n'y en a qu'un sur les deux qui rentre ! C'est pas un hôtel, bon sang !

Elle posa le plat sur la table avec violence et Nathan lui prit le poignet au vol.

— Pas un hôtel ? Ben non ! C'est ma maison. Je fais ce que je veux, Suzanne, compris ?

Elle essayait de se dégager, inquiète, car il lui faisait mal.

— Mais nulle part ailleurs on ne se comporte comme ici, cria-t-elle. Je suis obligée de faire manger Juliette avant. Elle ne peut jamais déjeuner avec toi, c'est pas drôle ! On est toujours morts de faim, papa, Justin, Mme Joux et moi !

Il la lâcha.

— Je travaille, Suzanne, et Joa aussi. Sers-nous et tais-toi.

Au ton de sa voix, Suzanne comprit qu'il valait mieux ne pas insister. Nathan grogna en direction de la veuve pour qu'elle s'asseye enfin. Il se sentait seul, parmi les siens, sans son frère. Pleine de rancune, Suzanne en profita pour murmurer :

— Elle est gentille, cette petite Marie. As-tu vu comment Joachim la regarde ?

Nathan mangeait sans répondre et elle insista.

— Elle ferait une femme pour lui, c'est sûr...

— Tu vas trop vite ! coupa Nathan.

— Oh, il est transparent, ton frère ! Il est amoureux, il faudrait être idiot pour ne pas l'avoir remarqué ! Et c'est tant mieux pour lui, tiens ! Pour une fois qu'il en voit une...

— Une quoi ?

— Une fille. C'est qu'il y en a pour lui courir après, tu sais !

Nathan regarda sa femme rêveusement.

— C'est vrai qu'il est devenu beau, le salaud, articula-t-il enfin.

— Il est un peu jeune pour penser à des choses aussi sérieuses, dit soudain Sixte.

Comme il se mêlait rarement à la conversation, Nathan lui jeta un coup d'œil étonné. Mais le vieillard avait pris sa pipe et la bourrait avec méthode. Dans son incessante observation, il en surprenait, des choses ! Il avait vu, le matin même, de la fenêtre de sa chambre dans la tour, Joachim qui luttait contre Noé à l'entrée de la piste de cross. C'est souvent qu'il regardait tra-

45

vailler les chevaux sans que personne s'en doute. Il avait aussi bu le café en compagnie de Marie et il l'avait écoutée bavarder avec Suzanne. Il trouvait sa fille stupide d'insister de la sorte. Il ne fallait pas pousser Joachim dans les bras de cette petite qui lui avait semblé aussi rusée que charmante et qui, surtout, avait beaucoup trop parlé de Nathan. La veille encore, il aurait peut-être trouvé amusant de mettre cette fille entre les deux frères, mais plus aujourd'hui.

Nathan se servit de vin en soupirant. Avant, bien avant son mariage, lorsque Joachim était à l'école et que Nathan déjeunait face à la veuve, il se sentait seul de la même manière. Suzanne et Juliette n'avaient rien changé : sans Joachim, Nathan était infirme.

La porte de la cuisine s'ouvrit avec fracas et Joachim entra, échevelé. Il se précipita sur son frère, le prit par le cou et poussa un cri de guerre.

— Il est formidable, Nathan, je l'aime !

— Ton bestiau ? Formidable ? Il y a trois ans que je le vois et je ne m'en serais pas rendu compte ?

Ils riaient, complices, et Joachim réclama à manger. Suzanne le servit en soupirant, pour la forme, mais sans parvenir à lui en vouloir. Sa joie était communicative.

— Tu vas le dresser et puis le vendre pour ton compte ? demanda-t-elle.

— Le vendre ? Vendre un cadeau de Nathan ?

L'air offensé de Joachim fit rire tout le monde, même Sixte.

— En attendant, il ne faudra pas négliger les autres. Tempo passera après. Ce n'est pas lui le gagne-pain. Et, tout à l'heure, on va aller modifier un peu le fossé, pour Noé. On le lui montrera différent la semaine prochaine.

Joachim acquiesça tout en mangeant. Nathan le regardait avec des yeux liquides de douceur.

— Tu n'as rien d'autre à te mettre que ces vieux pulls troués, Joa ?

— Oh, je les finis à cheval, ils sont très bien...

Nathan interrogea Suzanne d'un froncement de sourcils.

— Bon. Demain, on ira en ville acheter deux ou trois trucs, hein ? Toi aussi, ma belle ?

Suzanne se sentit reconnaissante et eut un large sourire.

— Avec plaisir !

Ces escapades que Nathan proposait parfois la charmaient. Ils descendaient jusqu'à la ville avec Juliette, confiant Justin à la garde de Sixte. Nathan abandonnait Suzanne et sa fille dans une rue commerçante, après lui avoir fourré dans la main un tas de billets. Lui et son frère disparaissaient de leur côté. Ces achats, cet argent, ne rentraient pas dans les comptes de la maison. Suzanne supposait qu'il s'agissait de ventes en espèces mais se gardait bien d'interroger son mari. Elle passait un bon après-midi et terminait dans un salon de thé, suprême gâterie.

— Je n'ai besoin de rien, protesta Joachim.

— Et Marie ? Tu comptes la séduire habillé en clochard ?

Nathan se leva.

— Viens, il est tard et il fait presque nuit...

Ils sortirent ensemble et, dans le silence qui suivit, Justin demanda :

— Je peux avoir du fil ?

Suzanne se secoua, comme d'un mauvais rêve.

— Quelle couleur ?

— Du jaune... et du rouge.

Elle eut l'impression qu'il y avait des flammes dans son regard. Elle haussa les épaules pour chasser cette impression ridicule.

— Entendu, Justin… Mais pourquoi ne l'as-tu pas demandé à Nathan, dis ?

— Nathan ? Nathan, Nathan.

Il répéta plusieurs fois le prénom comme s'il voulait se familiariser avec un mot nouveau.

Sixte ralluma sa pipe. Il essaya d'imaginer la succession d'événements qui, fatalement, acculeraient un jour la famille au drame. Il ignorait quand et comment, mais il savait déjà, à ce moment-là, pourquoi.

3

Joachim ne savait plus où il en était. La journée avait été bonne. Nathan l'avait traîné dans les magasins de la ville et l'avait habillé comme il le faisait depuis quinze ans, choisissant et payant pour lui. Joachim s'était laissé faire avec plaisir puisque, de toute façon, ils partageaient les mêmes goûts. Ensuite, ils avaient retrouvé Suzanne et Juliette puis étaient remontés chez eux, dans le camion, avec des rires de gamins tout au long de la route.

À sept heures, Nathan avait fait un signe à Joachim et ils étaient partis chercher Marie chez elle, comme convenu. Le restaurant que tenait Sylvain était dépourvu de luxe mais très accueillant avec ses lambris de bois clair et sa vieille cheminée centrale. Dans l'arrière-salle, loin du bar, ils s'étaient installés tous trois à une table ronde, avaient commandé du gibier, des apéritifs pour patienter, et s'étaient réchauffés devant le feu de bois.

Très vite, Nathan et Marie s'étaient bien entendus, tombant d'accord sur tous les sujets. Joachim en avait été heureux. C'était la première fois de son existence qu'il se sentait amoureux, et l'approbation de son frère lui était indispensable. Nathan, qui n'était pas aveugle, constatait à la fois les sentiments évidents de Joachim et l'attitude équivoque de la jeune fille. Elle était adorable, petite et fragile entre les deux géants, mais son plus beau sourire était pour Nathan. Au début, il crut qu'elle voulait seulement lui plaire et se faire accepter. Mais très vite il remarqua l'insistance avec laquelle elle le regardait, et ne regardait que lui. Il en fut aussi amusé qu'irrité. Il raffolait des femmes, brièvement, dans l'espace du désir qu'elles provoquaient en lui. Il les culbutait avec entrain, sans honte et sans histoire, sans faire de tort à Suzanne, pensait-il. Cependant, ce soir-là, un démon auquel il ne pouvait pas donner de nom le poussait à accepter les avances de Marie.

Incrédule mais confiant, Joachim les observait sans comprendre. Nathan avait envie de se lever et de quitter la table, écœuré par la naïveté de son frère. Quelque chose, pourtant, l'en empêchait et lui donnait envie de poursuivre le jeu. Orgueil ? Rivalité ? Plutôt la peur de perdre Joachim mais il n'en savait rien.

Et cette fille allait faire leur malheur, malgré le peu de place qu'elle occupa dans leur vie.

Lorsqu'ils se retrouvèrent dans la nuit glacée, ils marchèrent silencieusement tous les trois jusqu'à la ferme de Marie. Sans se concerter, les deux frères déclinèrent l'invitation au dernier verre de la jeune fille. Ils s'éloignèrent à grands pas dès qu'elle fut entrée chez elle. Alors qu'ils étaient presque arrivés, Joachim demanda sourdement :

— Pourquoi fais-tu ça, Nathan ?

La question était si directe qu'elle prit le colosse au dépourvu. Il dut réfléchir avant de répondre, pour trouver une parade.

— Je ne fais rien, bougonna-t-il. C'est elle qui fait. Tu t'es entiché d'une garce, je n'y suis pour rien.

Nathan s'était arrêté pour allumer un cigare. Il n'avait pas menti. Il ne voulait pas tromper Joachim, qu'il entendait respirer tout près de lui mais qu'il ne voyait pas dans la nuit épaisse.

— Une fille capable de se conduire comme ça ne mérite pas que tu t'y intéresses cinq minutes. Tu sais ce que tu devrais faire, Joa ? La pousser dans une grange et...

— Non ! coupa Joachim en criant.

Nathan remit son briquet dans la poche de son blouson fourré et attendit la suite. Il sentit la main de son frère sur son épaule.

— Viens, il fait froid, Nathan... Je n'y peux rien, je l'aime. Mais c'est toi qui lui plais, ça se voit ! Ou alors... Elle fait ça pour me rendre jaloux ? Ou parce que...

— Parce qu'elle a le feu au cul.

— Arrête ! C'est normal qu'elle te... Tu es tellement plus...

Joachim cherchait ses mots d'une voix triste, et un éclat de rire de Nathan l'interrompit.

— Plus quoi, petit frère ? Tu es le plus beau mec de la région ! Il n'y a que toi pour ne pas le savoir ! Si j'étais une fille...

Nathan riait tellement qu'il dut à nouveau s'arrêter de marcher. Joachim patienta en silence. Nathan le chercha, dans le noir, et l'attira contre lui.

— Tu es drôle, Joa, vraiment drôle. Fais donc ce que tu veux. Moi, je te dis que cette Marie ne vaut pas cher. Mais tu peux t'accrocher après elle si ça ne te gêne pas qu'elle s'offre au premier venu !

— Tu n'es pas le premier venu, murmura Joachim le nez dans le cou de son frère. Et je ne suis pas du tout certain qu'elle s'offre, comme tu dis...

Avec douceur, Nathan repoussa son frère, le tint à bout de bras et lui demanda :

— Tu veux que je t'en donne la preuve ? Demain ou n'importe quel autre jour, derrière n'importe quel sapin et par n'importe quel temps…

Joachim resta immobile quelques instants puis il se détourna et s'éloigna en trébuchant vers leur maison.

En installant Sixte chez lui, Nathan en avait fait un homme désœuvré. Les sacro-saints chevaux étant intouchables, les vaches sous la responsabilité de Suzanne, et les deux frères abattant en une heure de quoi décourager un honnête travailleur pour la semaine, Sixte n'avait plus rien d'autre à faire, depuis qu'il avait marié sa fille et quitté sa maison, qu'observer son gendre. Et, éventuellement, surveiller Justin. Cette continuelle attention lui permettait de savoir et de comprendre beaucoup de choses. Jamais il ne contrariait Nathan, jamais il ne se mettait devant lui. Il accompagnait Suzanne et Juliette à la messe le dimanche, glissait parfois une pièce à Justin. Pour tout le reste, il se conformait sans rechigner à la manière de vivre des Desroches. Les déjeuners tardifs, les colères de Nathan, la passion qui liait les deux frères, les yeux suppliants de sa fille à l'heure du coucher : rien de tout cela ne dérangeait Sixte. Après tout, Suzanne avait eu ce qu'elle voulait. Nathan, d'abord, qu'elle avait désiré – et qu'elle désirait encore – comme une folle. Et puis une belle maison, des terres, un enfant. Elle vivait, presque heureuse, sur un baril de dynamite : très bien ! Mais, plus ennuyeux, Sixte venait de reconnaître dans les yeux de Marie Guérard le même feu que celui qui avait dévoré Suzanne dès qu'elle avait rencontré Nathan.

Sixte trouvait ces femelles idiotes. Joachim lui paraissait bien plus intéressant que Nathan malgré sa jeunesse. Car il tenait Nathan pour fou et pour beaucoup plus dangereux que Justin lui-même.

L'hiver était bien là, et les problèmes allaient commencer pour le travail des chevaux. Nathan, comme chaque année, entamait sa lutte contre le sol gelé. Peut-être la glace de la terre leur donnerait-elle un répit ?

Sixte aimait ces mois durs qui les réunissaient tous devant les feux d'enfer de la cuisine. Il aimait surtout sentir Justin dans sa chambre de la tour, tout occupé à confectionner ses poupées de chiffon. Il avait beau se torturer, il n'arrivait pas à voir d'où viendrait le danger. Mais, en tout état de cause, Justin l'inquiétait moins que Nathan.

— Trop dur, constata Nathan avec rage en frappant le talon d'une de ses bottes sur le sol. Ce serait trop risqué, Joa, rentre-le…

Il regarda son frère qui peinait à maîtriser Noé. Le travail de ces dernières semaines sur le parcours de cross avait beaucoup excité le cheval qui ne pouvait plus venir dans cette partie de la forêt sans s'énerver.

— La carrière doit être praticable. Au besoin, je ferai venir un camion de sable. Bon Dieu, Joa, fais-le tenir tranquille !

Soudain dressé, Noé battait l'air de ses antérieurs. Nathan évita les sabots et tendit la main vers le cheval qui fit un écart brusque.

— Rentre-le au trot, il en a assez d'attendre et il va finir par gicler…

Sans inquiétude pour son frère, Nathan souriait. Ils ne s'attardèrent pas dans l'écurie et, après les soins indispensables, regagnèrent la maison en courant. Leur arrivée intempestive dans la cuisine faisait toujours sursauter la veuve.

— Ce n'est que nous, madame Joux ! vociféra Nathan.

Ils s'écroulèrent ensemble sur le banc et tendirent leurs verres à Suzanne d'un même geste.

— Je vous ai fait des poulets au vin jaune, dit-elle. Et Marie est passée tout à l'heure pour me donner un lièvre de la part de son père. Elle était déçue de ne pas vous trouver.

Un silence pesa quelques instants et Nathan le rompit.

— Joa ira les remercier dans l'après-midi…

Joachim regarda son frère.

— Vas-y avec Tempo, suggéra Nathan, tu ne l'as pas encore sorti. Mets des crampons et passe par la route.

La tête penchée de côté, Joachim demanda :

— Il n'y a rien de plus urgent à faire ?

— Rien d'urgent par ce putain de temps, gronda Nathan.

Bien entendu, Joachim n'eut qu'une hâte, ce fut d'expédier son déjeuner. Il mit les bouchées doubles pour se lever plus vite. Nathan le guettait, ironique.

— N'oublie pas les guêtres ! enjoignit-il encore à son frère.

La porte claqua et Suzanne risqua un coup d'œil vers son mari. Il lui désigna son verre.

— Tu bois beaucoup, Nathan, dit-elle sans faire un geste pour saisir la bouteille.

D'un revers de main, Nathan balaya tout ce qui se trouvait devant lui. Le fracas de la vaisselle brisée fit fuir Justin qui disparut en courant dans l'escalier.

— Je lui fais peur, à celui-là ? demanda Nathan d'une voix calme.

— Tu fais peur à tout le monde, répliqua Suzanne qui s'était baissée pour ramasser les morceaux de verre et de porcelaine. Tu as dû réveiller Juliette…

Nathan donna un violent coup de poing sur la table, ce qui provoqua la chute du pichet d'eau.

— Alors, tu me le sers, ce vin ?

Suzanne se redressa lentement et le dévisagea. Mais Sixte avait déjà empli un verre et le poussait vers son gendre. Nathan but d'un trait.

— Merci, dit-il en toisant son beau-père.

Il y eut un nouveau silence. Puis Nathan se leva, s'étira.

— Je monte. J'ai des comptes à faire et des coups de fil à donner. Je jetterai un coup d'œil à la petite, en passant.

Il gagna sans hâte le premier étage, ouvrit la porte de la chambre où dormait sa fille et la regarda un moment. Il arrangea la couverture, remit en place l'ours en peluche et se sentit soudain très malheureux.

Il passa la fin de l'après-midi absorbé dans ses papiers. Son bureau – assez étroit et qu'il n'aimait donc pas – séparait sa chambre de celle de Juliette. Il travailla en guettant le réveil de la petite. Il alla lui-même l'aider à se lever, à mettre ses chaussures. Pour Joachim, autrefois, il l'avait fait si souvent ! Il l'embrassa plus tendrement que d'habitude et retourna à ses affaires. Il pensait à son cadet. Il l'entendit rentrer alors que la nuit tombait, vers cinq heures. Il prêta l'oreille un moment mais, de leur chambre, aucun bruit ne lui parvenait. N'y tenant plus, il finit par aller voir.

La porte de la salle de bains était ouverte. Nathan s'approcha doucement et découvrit Joachim assis sur un tabouret, dans un coin de la pièce. Il regardait au-dehors par la fenêtre. Il semblait un peu voûté et il ne tourna pas la tête à l'arrivée de son frère. Au bout de cinq minutes, Nathan se contenta d'ouvrir les robinets de la baignoire.

— Bonne promenade ?

— Oh, ça glisse…

La voix un peu voilée de Joachim le surprit. Comme il faisait très sombre, il tendit la main vers l'interrupteur et alluma. Il observa son frère encore un moment puis déclara :

— Déshabille-toi, Joa. Je t'ai fait un bain bouillant, tu vas aimer.

Docile, l'autre enleva son pull puis se leva enfin et fit face à Nathan.

— Des soucis, petit frère ?

Sans attendre la réponse, Nathan prit le tabouret et l'approcha de la baignoire. Joachim s'était allongé dans l'eau trop chaude avec une grimace. Nathan commença à lui masser les épaules avant de répéter sa question.

— Des ennuis, Joa ?

De ses énormes mains, il pétrissait la nuque de Joachim qui finit par gémir.

— Nathan…

— Oui ?

— Oh, Nathan…

— Oui, ça va aller…

Lentement, Joachim se détendait. Depuis quinze années, Nathan avait toujours réussi à calmer les chagrins et les angoisses du petit avec son inépuisable patience, sa tendresse sans bornes, et des bains chauds. Lorsque Joachim avait dix ans de moins, le massage était toujours suivi d'une histoire que Nathan lisait avec d'indiscutables dons d'acteur. Et il fallait remettre de l'eau chaude, et encore une histoire Nathan, s'il te plaît. À présent, ils avaient remplacé les contes de fées par des discussions, tout aussi longues, sur leurs chevaux.

— Elle est tellement jolie ! Je ne suis pas jaloux de toi, Nathan, non, je suis jaloux d'elle, c'est si difficile...

Joachim renversa la tête en arrière et son frère lui massa alors les tempes.

— Je la veux, souffla Joachim.

— Prends-la ! C'est une putain.

Joachim voulut se redresser mais Nathan l'en empêcha.

— Ne bouge pas, reste là. Ce n'est pas grave, Joa.

D'un mouvement brusque qui éclaboussa tout le carrelage, Joachim se retourna et saisit les mains de son frère.

— Qu'est-ce que je peux faire, dis ?

— À mon avis, la baiser. Tu serais libéré. Ou même... l'épouser ? Quitter la maison si tu en as envie.

— Quitter la maison ?

Il s'était levé, ruisselant.

— Nathan ! cria-t-il d'une voix déchirante.

— Je plaisantais, voyons...

Nathan prit un drap de bain et enroula Joachim dedans.

— Sors de là, essuie-toi, viens ici...

Le spectacle incongru de ce géant, en bottes de cheval, qui ébouriffait les cheveux de son frère avec un séchoir en main, n'avait rien que de très habituel. La voix de Suzanne leur parvint. Elle appelait, du rez-de-chaussée, pour le dîner.

— Laisse-moi mes illusions, Nathan. Laisse-moi rêver, tu veux ?

— Bon sang, Joa, ne sois pas si con ! Tu as besoin de te raconter des craques ? Regarde-toi.

Brutalement, il poussa Joachim devant le miroir en pied.

— Regarde-toi ! répéta-t-il. Tu peux les avoir toutes. Celles que tu veux. Marie comme les autres.

Nathan voyait, lui aussi, l'image de ce superbe jeune homme, presque aussi grand que lui et aussi musclé, mais si fin, et dont le sourire était absolument irrésistible.

— C'est toi qu'elle veut, pas moi, murmura Joachim. Même si elle n'ose pas le dire pour de bon, à cause de ta femme, de ta fille... Alors...

— Alors elle se sert de toi, la salope ! C'est ça ?

— Possible.

Nathan le bouscula, le fit pivoter face à lui et le regarda bien en face, sans indulgence.

— Tu laisses tomber, Joa. Tu m'entends ? Ou bien tu ne m'en parles plus, compris ? Jamais.

— À qui veux-tu que j'en parle ?

Ils s'affrontèrent, une seconde, puis Nathan haussa les épaules.

— Viens dîner...

Tandis qu'il se rhabillait, Nathan observait toujours son frère. Il essaya d'imaginer une vie dont Joachim aurait disparu. Il serra les mâchoires, et cette idée lui donna une expression tellement farouche que Joachim lui demanda :

— Tu vas bien, Nathan ? C'est moi qui t'emmerde, hein ?

— Toi ? Tu es bête... Pas toi, non. Viens, descendons.

Une odeur de cuisine flottait dans l'escalier, et Joachim s'aperçut qu'il mourait de faim. Instantanément, il oublia ses soucis.

Ainsi, Nathan n'avait toujours pas reposé Joachim par terre. Il continuait de le tenir serré contre son cœur et rien ne pourrait jamais le lui faire lâcher. Dans cette maison que Nathan avait fait construire avec son goût de la démesure, tout était prévu pour que quiconque puisse trouver sa place, toute la place dont il avait besoin. Mais, bien entendu, les deux frères n'avaient jamais eu l'idée de se séparer. Ce n'était même pas pour ne pas peiner l'autre, c'était bien le plaisir égoïste de chacun. Ils étaient heureux ensemble et, si on leur avait dit que ce bonheur n'était pas normal, ils ne l'auraient pas cru.

Ils ne vivaient que dans leur chambre, leur salle de bains, et la cuisine. Ils mettaient rarement les pieds dans une autre pièce et elles paraissaient toutes inhabitées. D'ailleurs ils se plaisaient davantage au-dehors. Ils passaient autant de temps sur leurs chevaux que dans leur lit et, dès les beaux jours, bavardaient plus volontiers dans l'écurie qu'à la cuisine. Le salon, sommairement meublé, ne servait que pour traiter des affaires avec des clients de passage.

Une ou deux fois par an, Nathan montait jusqu'à la chambre de Justin, dans la tour, et la fouillait de fond en comble. Terrifié, Justin se réfugiait près de Suzanne, tandis que le géant éventrait les tiroirs, retournait le matelas, roulait les tapis, sondait les lattes du parquet, décapitait les poupées de chiffon. Lorsqu'il redescendait enfin, il toisait Justin et lui ordonnait d'aller ranger. Suzanne, la première année de son mariage, s'était scandalisée, avait pleuré. Nathan lui avait fait comprendre, sans s'énerver pour une fois, que Justin, tout comme Joachim ou les chevaux, c'était son problème à lui et qu'il ne permettrait à personne de s'en mêler. Sixte avait consolé Suzanne, l'avait prise à part et mise en garde. On ne pouvait pas en vouloir à Justin de n'avoir pas toute sa raison, soit, mais la haine de Nathan remontait à l'incendie, à la mort atroce de leurs parents, et il valait mieux les laisser se débrouiller entre eux.

Sixte se souvenait parfaitement de la conversation qu'il avait eue avec Nathan, des années plus tôt. Nathan avait des défauts, pensait Sixte, mais il était franc. Il avait carrément exposé la situation sans chercher à l'enjoliver. Sixte entendait encore ses paroles : « Il y a Joachim, d'abord, dites-le bien à votre fille. Rien au-dessus de lui. Ma maison est la sienne. Il sera toujours là, avec ou sans Suzanne. Personne n'y peut rien. Elle n'est pas obligée d'accepter. La place de Joachim n'est pas à prendre, il faudra qu'elle s'en fasse une autre, à elle. Et ce n'est pas le pire. Il y a Justin ! Oui, vous savez, mais vous ne savez pas tout, Sixte. Justin n'est pas seulement imbécile, il est dangereux. Je me charge de lui, il ne l'ennuiera pas. Mais Justin, c'est mon affaire. » Éberlué, Sixte avait écouté ces avertissements sans en saisir tout le sens. À présent, il avait compris, oui. Et il comprenait davantage chaque fois qu'il découvrait Nathan redescendant de ses fouilles chez l'idiot avec une boîte d'allumettes à la main. Alors il pardonnait à Nathan au nom de cette fatalité qui pesait sur les Desroches. Il pardonnait les colères et les brutalités. Parce que, en regardant Nathan haïr Justin, il le voyait aussi adorer Joachim. Pour cet amour-là, on pouvait bien lui pardonner tous les enfers.

Noël approchait. Sixte contemplait toujours, de sa

fenêtre, le labeur des chevaux sur la carrière sablée. Il savait qu'au pire du froid Nathan serait capable de la couvrir de fumier mais que les chevaux travailleraient quand même. Il souriait parfois de voir Joachim s'amuser comme un gamin en récréation avec son Tempo. Mais Sixte devenait beaucoup plus rêveur en regardant Noé. Les deux frères avaient trouvé là un cheval qui leur ressemblait : orgueilleux, sauvage, violent. Sixte ne connaissait rien aux chevaux mais, celui-là, il le sentait. Sur Noé, Joachim paraissait moins à l'aise, moins heureux, et plus vigilant. Nathan, sans même en avoir conscience, suivait le cheval pas à pas. Tout cela, Sixte le constatait et en tirait leçon. Car c'était justement sur Noé et sur le gris que Nathan fondait ses plus grandes espérances. Pas question de vendre ces animaux avant de les avoir parfaitement mis au point. Ils représentaient le capital de l'année à venir.

Vers le 15 décembre, Nathan vendit Glacier, un petit bai brun très habile que Joachim sut présenter au mieux. Traditionnellement, Nathan se séparait d'une de ses bêtes à l'approche des fêtes de fin d'année. Les deux frères n'avaient plus reparlé de Marie. Lorsque Joachim s'absentait, Nathan semblait n'y prêter aucune attention. Et, durant toute cette période, ce fut Joachim le plus malheureux des deux.

Sixte leva les yeux, étonné de voir sa fille en robe de chambre faire irruption dans l'office à minuit passé.

— Je ne peux pas dormir, expliqua-t-elle en s'asseyant.

La petite pièce, aveugle, était contiguë à la grande cheminée de la cuisine et restait chaude tout l'hiver. Sixte était occupé à cirer consciencieusement les bottes de Joachim.

— Tu n'en as jamais assez de faire ça ? demanda-t-elle.

— Qui d'autre le ferait ? Toi ? J'aime le cuir, va, ça m'amuse…

Comme il était toujours calme et conciliant, elle lui sourit.

— Tu es gentil, papa… Mais tu te couches de plus en plus tard.

— Je ne suis jamais fatigué, répondit-il. Je n'ai rien à faire, tu sais. Et toi ? Pourquoi ne dors-tu pas ?

En fait il n'aimait pas monter trop tôt, pour ne pas l'entendre, à croire que Nathan faisait exprès de la rendre folle chaque soir. À cette idée, il eut une moue ironique.

— Ton mari n'est pas allé te voir, pour une fois ?

— Oh si, bien sûr !

Elle ne se rendait pas compte de l'indécence de son sourire. Mais elle redevint triste tout de suite, en précisant :

— À l'heure qu'il est, ils doivent ronfler, emmêlés tous les deux…

Il n'ajouta rien, brossant vigoureusement le cuir pour le faire briller.

— Je te fais chauffer de la soupe, papa ?

Elle se sentait toujours un peu coupable, vis-à-vis de son père. Elle lui avait fait quitter sa maison et ses terres où, à présent, paissaient les chevaux de Nathan.

— Seulement si tu en prends aussi, ma fille.

Elle revint au bout de cinq minutes avec deux bols fumants. L'office était rangé, par les soins de la veuve, avec des placards pleins, du haut en bas, de conserves et de confitures maison. Sixte aimait bien s'y tenir et s'y livrait parfois à de menus bricolages.

— Qu'est-ce qui te tracasse, Suzanne ?

— Rien de précis. Nathan est sombre. Tu crois qu'il s'inquiète pour Joachim et Marie ?

— C'est probable.

Sixte reposa une botte et en choisit une autre qu'il commença à décrotter.

— Qu'en penses-tu, papa, de cette fille ?

— Je pense que ton mari l'intéresse, répondit Sixte sans feinter.

— Nathan ?

Suzanne ouvrait de grands yeux, abasourdie.

— Oui, Nathan... Enfin, peut-être... Ou peut-être pas. Comment savoir ? Mais elle lui fait du charme chaque fois qu'elle le voit. Tu n'as rien remarqué ?

— Mais non, rien ! Tu en es sûr ? Écoute, papa, pour une fille de l'âge de Marie, un Joachim, ça ne se rate pas !

— Ah bon ? C'est lui que tu choisirais, toi, aujourd'hui ?

— Papa ! Sois sérieux ! J'aime Nathan, tu sais bien. Il est tellement solide, tellement fort, tellement...

— Eh bien, tu vois, coupa Sixte.

— Mais je n'ai plus vingt ans ! Il y a tout un tas de filles qui se damneraient pour Joachim, je t'assure. Si tu les entendais !

— C'est vrai qu'il est beau gosse, admit Sixte. Calme, doué, généreux, droit, tout ce que tu veux ! Et pourtant, à côté de son frère, il ne pèse pas lourd. Il est trop gentil, trop dans l'ombre de l'autre. Il se sentira toujours un petit garçon, et ce n'est pas la bonne manière pour séduire les filles, je suppose...

— Et tu crois que... que Marie... ?

— Je sais seulement que ton Nathan, elle le regarde d'une drôle de façon ! C'est bien dommage...

— D'autant plus que Joachim en est enragé.

— J'ai vu.

— Ce serait bien qu'il se marie et qu'il...

Jusque-là, ils avaient parlé très vite, se coupant la parole. Mais Suzanne s'était arrêtée sur un mot dangereux et Sixte mit du temps à enchaîner.

— Qu'il parte ? Tu es folle ?

— Pourquoi ?

Avec insistance, Sixte dévisagea sa fille.

— Parce qu'il ne partira jamais, Suzanne... Marié ou pas, il ne partira pas. Il en crèverait. Et Nathan avant lui !

Elle se mordit les lèvres, anxieuse.

— Aucune autre femme n'acceptera ça, papa.

— Tu l'as bien accepté, toi ! Oh, si Joachim veut se marier, Nathan dira oui ! Mais ils installeront sa femme ici et vous serez deux à tenir la maison pendant qu'ils resteront ensemble pour travailler et pour dormir. Vous ne comptez pas dans leur univers, tu peux te mettre ça dans la tête ? Personne ne compte !

Elle poursuivit, bravement :

— Le jour où Joachim aura des enfants...

— Il demandera à Nathan comment les élever !

Ils avaient parlé un peu fort et ils se turent, écoutant avec crainte les bruits de la maison. Suzanne finit par empiler les bols d'un geste las.

— Il t'avait prévenue, ma fille... Il ne t'a pas prise en traître, chuchota Sixte. En épousant Nathan, tu les as tous épousés, Joachim et Justin avec !

— Je les aime bien, protesta-t-elle à voix basse. Pourquoi les met-il entre nous ?

— Il ne met rien du tout.

Elle soupira, vaincue.

— Je sais, dit-elle lentement. On peut rêver...

Il avait achevé son travail. Il tapota la main de sa fille d'un geste rassurant.

— Laisse faire, Suzanne. Ne pousse ni d'un côté ni de l'autre, pour cette Marie. C'est à Joachim de s'arranger. Mais si Nathan devient enragé, un de ces jours, je ne veux pas que tu y sois pour quelque chose.

Elle resta un moment à méditer le sens de ces paroles puis éteignit et monta se coucher. Seule.

Ce fut tout à fait par hasard que Nathan la rencontra. Il remontait de Jarrigue avec son camion chargé de paille jusqu'au toit. Il avait laissé Joachim travailler seul les chevaux, ce matin-là, et il sifflotait en conduisant, pressé de rentrer.

Marie suivait la route, emmitouflée dans sa doudoune, coiffée d'un bonnet à pompon. Comme il l'avait reconnue de loin, il freina pour s'arrêter juste à sa hauteur et proposa de la déposer chez elle. Dès qu'elle se fut hissée dans la cabine, il démarra brusquement, ce qui la fit rire.

— Tu mènes ton poids lourd comme tes chevaux, on dirait !

Au lieu de rire avec elle, il lui jeta un regard agacé. Il se retenait de l'interroger sur Joachim, car il avait une autre idée en tête. Dès qu'il atteignit le bois, il s'arrêta. Il n'eut vraiment rien à faire. Il se contenta de couper le contact et d'attendre. Ce fut elle qui glissa près de lui. Elle posa sa tête sur son épaule, murmurant :

— Tu veux bien ?

D'une main, il descendit la fermeture Éclair de la doudoune. Les yeux fermés, elle fut parcourue d'un long frisson. Il n'avait pas très envie de lui faire l'amour mais, dès qu'il toucha la peau douce, sous le pull, il n'eut plus à se forcer. Il prit son temps, comme à son habitude, pour lui donner du plaisir et surtout pour qu'elle s'en souvienne. Il ne courut aucun risque, l'abandonnant à temps. Quelques instants plus tard, reprenant son souffle, il eut la sensation d'avoir accompli quelque chose d'irrémédiable mais d'indispensable, comme lorsqu'il vendait un cheval qu'il aimait. Il la repoussa vers son siège, sans brutalité, l'empêchant de s'accrocher à lui. Les vitres du camion s'étaient couvertes de buée et il remit le moteur en marche, actionnant le ventilateur. Il n'avait pas prononcé un mot. Il savait ce qu'il voulait savoir. D'une part qu'il n'était pas le premier homme qu'ait connu Marie, d'autre part qu'elle se moquait pas mal de Joachim. Tout de même, il demanda :

— Tu n'en préférerais pas un de ton âge pour faire ça tous les soirs dans un bon lit ?

Elle haussa les épaules, finissant de s'arranger.

— Tu parles de ton frère ?

— Par exemple...

— Il est gentil, ton frère. Mais si je lui dis oui, un de ces jours, ce sera uniquement pour vivre sous ton toit, Nathan.

Mâchoires crispées, il fit craquer la boîte de vitesses.

— Si tu l'épouses, petite, tu me deviens sacrée, railla-t-il. Même en te promenant toute nue sous mon nez, je ne te verrai plus ! Et puis, tu sais, chez moi il y a du monde... Ma femme, ma fille, mon beau-père...

Il se concentra sur la route, quelques instants, parce que le camion patinait. Enfin il ajouta :

— Tu joues un drôle de jeu, Marie.

— Je t'aime !

— Oh, les grands mots, ben voyons ! Tu ne me connais pas. Et puis je m'en fous, tu n'as pas idée...

Elle se tourna vers lui, hérissée de fureur. Elle rassembla son courage pour lancer, d'une traite :

— Je vois bien ce que tu vas me demander maintenant, Nathan. De laisser tomber, pour Joachim ? De ne plus le voir, de l'envoyer promener au besoin ? Et tu vas me rayer de ta vie, hein ? N'y compte pas ! En le tenant, lui, c'est toi que je tiens.

Nathan ne répondit rien. À son expression, à sa façon de conduire trop vite, Marie mesurait sa colère. Il ne s'arrêta pas devant chez elle. Accélérant encore, il prit le chemin qui menait à la ferme Desroches et freina brutalement devant la carrière. Joachim, qui travaillait là Noé, faillit se faire jeter à terre par le cheval effrayé. Mais Nathan, d'une seule main, avait déjà sorti Marie du camion et l'avait poussée vers la carrière où elle s'était étalée. Il ne l'aida même pas à se relever. Il saisit au vol la bride de Noé qu'il immobilisa net et il apostropha son frère.

— Demande-lui des comptes, Joa ! Je te l'amène à domicile ! Et c'est pour ça que tu te ronges ? Pour cette traînée ?

Terrifiée, Marie avait reculé vers la barrière. Nathan continuait à vociférer.

— Moi, je n'en veux plus ! Et toi, si tu en veux encore, fais-toi donc raconter l'histoire !

Joachim était descendu de cheval, livide. Il dévisagea son frère puis s'approcha de la jeune fille.

— N'aie pas peur, dit-il à mi-voix. Qu'est-ce qu'il y a ?

Il ne comprenait pas, il ne voulait pas comprendre. Marie pleurait sans retenue, trop humiliée pour les regarder.

— Il est dur, ton frère, dit-elle à Joachim.

Nathan, qui était resté près du cheval, reçut son cadet de plein fouet.

— Qu'est-ce que tu lui as fait ? criait Joachim en le secouant par les épaules, de toutes ses forces.

Instantanément, la colère de Nathan retomba. Il se dégagea de l'emprise de Joachim, toujours sans lâcher Noé.

— Demande-le-lui à elle, Joa. Au point où elle en est, elle peut bien dire la vérité ! Le chantage, avec moi, il faudrait être plus fort qu'elle... Je l'étranglerais d'une main, et pour moins que ça, si tu n'y tenais pas tant !

Nathan étouffa un bref soupir et regarda ailleurs.

— Explique-toi avec elle et fous-la dehors, dit-il. Elle ne met plus les pieds ici, jamais. Je rentre Noé. Je suis désolé, petit frère.

Il s'éloigna vers l'écurie et, après avoir soigné le cheval, il s'octroya un cigare qu'il alla fumer assis sur une caisse à grain. Il n'eut pas longtemps à attendre, Joachim le rejoignit très vite.

— Vraiment désolé, Joa, vraiment...

Il y avait tant de tristesse dans la voix de Nathan que Joachim vint s'asseoir par terre, à ses pieds.

— Non, ça devait arriver... Tu l'as...

Il n'osait pas finir et Nathan leva les yeux au ciel.

— Vous n'avez pas parlé ?

— Je lui ai seulement dit de rentrer chez elle. Réponds-moi, Nathan.

— Mais oui ! Bien sûr que je l'ai baisée ! Je n'ai rien eu à faire. Elle le voulait, c'est tout.

— Ah... C'est normal... J'ai toujours connu les filles folles de toi...

Joachim parlait avec tendresse, comme si c'était à

lui de consoler son frère, mais une larme roulait sur sa joue.

— Tu pleures, Joa ?

Stupéfait, accablé, Nathan se pencha vers lui.

— Tu pleures pour ça ? Toi ?

Joachim appuya son front contre le genou de Nathan et il y eut un long silence avant que celui-ci se décide à bouger.

— Tu peux tout me demander, Joa, tout avoir. Même elle ! Je n'ai jamais pu supporter de te voir pleurer. Tu as passé l'âge, tu sais… Si elle vivait ici, on n'aurait que des ennuis… Mais si c'est ça ton bonheur, tu ne me trouveras pas sur ton chemin. Je ne veux pas qu'on finisse par se détester.

Quand Joachim releva la tête, Nathan vit son sourire incrédule.

— On se détesterait ? Nous ?

— Qui sait…, dit Nathan très doucement.

Dépliant ses longues jambes, Joachim se mit debout. Il tendit la main à son frère.

— Viens, il y a le camion à décharger… Pour tout ça, c'est toi qui avais raison, on n'en parlera plus jamais !

Ils n'en parlèrent plus, non. Joachim disparaissait de nouveau, de temps à autre, et Nathan le laissait aller sans poser de question. Ils ne pouvaient pas vivre en n'étant pas d'accord : ils firent semblant de l'être.

Le froid était devenu insupportable pour tout le monde mais, bien entendu, les deux frères sortaient encore leurs chevaux, qui avaient trop de sang pour rester à l'écurie. Nathan cassait les mottes de terre gelée, à l'aube, avec une pioche, en traçant un cercle qu'il recouvrait ensuite de fumier encore tiède. Sur cette piste précaire, chaque animal avait droit à quelques minutes de détente, en longe. C'était un travail harassant, quotidien, mais qui ne les rebutait même pas. Joachim avait abandonné ses promenades sur les routes avec son Tempo, car les crampons n'empêchaient pas les glissades. Juliette n'allait plus à l'école. Personne n'allait plus nulle part, d'ailleurs. Janvier, dans cette montagne, était toujours une sorte d'hibernation pour les gens.

Suzanne aimait ces temps rudes parce que Nathan restait davantage à la maison. Elle savait les occuper, lui et son frère. Il y avait toujours quelque chose à réparer. Puisque Nathan avait voulu une grande maison, à lui de l'entretenir.

Dans la gentille rivalité qui opposait Nathan et Joachim chaque fois qu'il s'agissait de démontrer sa force, Sixte crut percevoir, cet hiver-là, une certaine agressivité. Il lui sembla que Nathan défiait son frère et le provoquait sans raison. Il faillit y avoir un accident avec une des poutres de la charpente que les deux hommes remettaient en place, et que Nathan décida soudain d'abandonner aux bras de Joachim. Suffoquant, injuriant son frère, Joa parvint à s'en sortir, et Nathan se contenta de rire, comme s'il s'était agi d'une simple plaisanterie.

Sixte surveillait tout ça avec intérêt. Il observait Justin, aussi. Pauvre Justin ! Dans sa bêtise, dans son monde rudimentaire, il avait vaguement conscience d'avoir fait quelque chose de mal. Il aurait dû l'oublier, sans mémoire et sans remords, mais Nathan le lui rappelait sans cesse par son mépris et sa brutalité. Alors Justin faisait ses poupées de chiffon. Pas vraiment vilaines, d'ailleurs, et Sixte les vendait par lots à la mairie, pour les kermesses ou les arbres de

Noël de la commune. Le produit de la vente – oh, pas grand-chose ! –, Justin ne voulait pas y toucher, semblant ne même pas comprendre à quoi ça servait. Nathan avait conseillé à Sixte de ranger cet argent dans une boîte, personne n'ayant envie de se l'approprier. C'était quelque chose de marginal et d'un peu irréel, comme des billets de Monopoly.

Justin aurait bien voulu, sans doute, que Nathan l'aime. Mais, avec ses idées embrouillées, il n'était même pas jaloux de Joachim. Il lui arrivait de lever un regard de chien battu sur son frère aîné mais, le plus souvent, il le fuyait. Sixte savait que Nathan ne pardonnerait jamais, qu'aucune excuse au monde, fût-ce l'évidente folie de Justin, ne parviendrait à le fléchir. Nourrir Justin, le loger, avoir l'œil sur lui, Nathan s'en était fait un devoir. Mais l'aimer ? Non.

Joachim, lui aussi, traitait Justin comme un animal familier en lui passant parfois une main amicale dans les cheveux. Pour soulager Nathan, et comme on aurait fait pour le chien de la maison, chacun veillait sur Justin à sa manière. Mais cela ne faisait que doubler la surveillance, car Nathan ne relâchait jamais la sienne.

Suzanne était la seule à lui montrer un peu d'affection. Une fois par semaine, hiver comme été, elle le lavait, changeait ses vêtements et ses draps. Justin la laissait faire, la tête ailleurs. Mais lorsqu'elle tentait de lui parler ou de le câliner et qu'il semblait s'éveiller, Nathan surgissait toujours et Suzanne devait s'éclipser. Plus sûrement que les médecins eux-mêmes – ceux qui n'avaient pas voulu le prendre en charge –, Nathan avait condamné Justin sans appel.

Sixte comprenait son gendre. C'est qu'il était limpide, Nathan ! Et pour lui qui tenait toujours Joachim sur son cœur et ses chevaux à bout de bras, le reste du monde n'existait pas.

Par la suite, Sixte raconta que, cet hiver-là, tout était déjà consommé dans le drame que Nathan construisait sans le savoir. Pourtant la vie ne changeait pas, en apparence. Nathan faisait des feux d'enfer, le soir, dans leur chambre, pour plaire à Joa. Et ils parlaient chevaux, inlassablement. Nathan évitait avec soin toute allusion à Marie. Joachim ne semblait pas ressentir le besoin d'en parler. Après tout, il avait promis de se taire. Ses disparitions ponctuelles laissaient Nathan indifférent : tant mieux. Avait-il donc une telle envie de voir cette fille ? Personne n'en était certain. Peut-être était-ce important, pour lui, de se mesurer à l'image de Nathan dans le cœur d'une autre, plutôt qu'à Nathan lui-même. Cependant, inconsciemment, plus ses escapades étaient longues, plus il cherchait, le soir venu, une sorte de consolation ou de rédemption près de son grand frère.

Allongé par terre, devant la cheminée de leur chambre, Joachim regardait Nathan des heures entières, lui parlait, le faisait rire. Nathan se pliait avec un plaisir évident mais peut-être pas sans mélange à ce besoin que Joachim avait de lui. Il le choyait comme lorsque Joa était enfant.

Suzanne se voyait de plus en plus expédiée, la nuit, par un mari pressé de regagner son antre et de retrouver son frère. Car Nathan s'était mis à lui faire l'amour avec une sorte de brutalité rapide qu'elle taxait de sauvagerie. Comme toujours lorsqu'il était trop enfermé, l'hiver, Nathan resserrait sa poigne et faisait peser sur sa famille un joug de plus en plus lourd.

Un soir, il y eut un incident. Suzanne, excédée d'être traitée en accessoire, en fille, déclara crûment que Joachim pouvait bien s'endormir seul, que ses exigences devenaient pires que celles d'une maîtresse ou d'une vieille mère. Lorsqu'elle lui jeta ces phrases sans réfléchir, Nathan s'apprêtait à quitter la chambre. Il sembla littéralement cloué sur place par l'énormité de ce qu'elle venait de lui assener. Elle n'eut pas le temps de regretter ses paroles ou d'avoir peur que Nathan, revenu près du lit, l'avait saisie par les cheveux. Elle crut sa dernière heure arrivée, cependant il ne la toucha pas. Il se contenta de la regarder, longtemps, de très près, comme s'il la voyait pour la première fois. Lorsqu'il la rejeta loin de lui, il avait des mèches de cheveux dans les mains. Elle s'était mise à pleurer en silence, se frottant la tête, mal remise de sa frayeur, et il s'assit pesamment au bord du matelas.

— Joa, je l'aime, dit-il d'une voix neutre. Rien de nouveau sous le soleil. Je te donne ton plaisir tous les jours, tu ne peux pas me mentir là-dessus, tu bêles comme une chèvre en chaleur !

Elle remonta le drap jusqu'à son menton, malade de ce qu'il lui disait, mais elle n'avait pas encore entendu le pire.

— Ne me marchande pas le temps ou la tendresse, je n'en ai pas pour toi. Pour personne. Il n'y a que lui. Si tu l'insultes une seule fois, je te mets dehors. Toi, ta fille, ton père. Je m'en fous. Tu comprends ça, Suzanne ?

Il l'avait reprise par les cheveux et elle cria de douleur. Mais il l'abandonna, indifférent. Après cette soirée, elle ne parla plus jamais de Joachim à Nathan. Pas pour s'en plaindre, en tout cas.

Sixte avait droit aux confidences de Suzanne, tandis qu'il cirait immuablement les bottes, le soir. Il n'essayait pas de la calmer. Il avait constaté que, loin de s'apaiser, la passion des deux frères empirait, se teintait même d'une nervosité de gens pressés par le temps. Lorsque Suzanne lui rapporta sa dispute avec Nathan, il sentit une angoisse plus lancinante, bien que toujours imprécise, mais il ne fit aucun commentaire.

Chaque soir, dans leur grande chambre, Joachim s'endormait en posant sa tête sur le bras de Nathan. Parfois, dans son sommeil, il s'accrochait désespérément à son frère. Celui-ci, toujours réveillé au moindre mouvement de Joachim, le rassurait avec des gestes d'une infinie douceur, d'une tendresse qui n'avait plus de nom. Mais le poids de ce frère, que Nathan gardait décidément sur son cœur, se faisait de plus en plus lourd.

Le gel de la terre avait persisté plusieurs semaines et, dès qu'il céda, Nathan et Joachim se précipitèrent sur leurs chevaux avec une joie qui ressemblait à de la rage. Le gris dansait de mieux en mieux. Noé s'envolait sur la piste de cross et Tempo emmenait chaque jour Joachim vers la ferme de Marie.

Nathan s'était incliné, il laissait son frère libre et se contentait de sourire lorsqu'il le voyait rentrer l'après-midi. Joachim attendait que Nathan parle et Nathan ne parlait jamais de Marie. Il se bornait à observer, par exemple, que Tempo se musclait, ou bien encore que les jours rallongeaient. Joachim brûlait du désir de se confier, de raconter, d'être absous, et peu à peu il perdait sa gaieté. Mais il avait promis. Nathan avait dit : « Jamais plus. » Joachim se taisait donc et sombrait dans la mélancolie.

Un après-midi de février, alors qu'il bouchonnait Tempo dans son box et que Nathan distribuait l'avoine, Joachim eut un geste de révolte. Il jeta la poignée de paille dont il se servait pour éponger le cheval, tendit la main par-dessus la porte du box et arrêta son frère qui passait dans l'allée avec des seaux.

— Tu ne peux rien pour moi, tu es sûr ? demanda-t-il d'une voix pitoyable.

Nathan prit son temps pour poser les seaux, fit signe à Joachim de sortir et, lorsqu'ils furent face à face, répondit seulement :

— Je peux ce que tu veux ! Demande...

Il y avait quelque chose de presque menaçant dans son attitude, que perçut Joachim.

— Je n'ai que toi, Nathan, murmura-t-il.

Son frère sourit et l'attira à lui.

— Demande, répéta-t-il.

— J'ai besoin..., commença Joachim, mais il s'arrêta net pour secouer la tête.

— Besoin de quoi ?

Joachim se recula, outré.

— De toi ! explosa-t-il. Que tu sois d'accord ! Et même, tiens, que tu sois content !

— De quoi me parles-tu, Joa ? Ou de qui ?

— Nathan..., gronda Joachim.

Il était crispé, ramassé sur lui-même, et Nathan choisit d'en rire.

— Demande, dit-il pour la troisième fois.

Joachim planta son regard clair dans celui de son frère.

— Tu as dit plus jamais.

— Peu importe !

— Je l'aime pour de bon, Nathan.

Il y eut un silence, comme un blanc. Ils se dévisageaient avec attention, presque avec curiosité.

— C'est bien, dit enfin Nathan.

— Non, ce n'est pas bien ! Je ne peux pas l'aimer

si tu ne l'aimes pas, tu le sais très bien. Je ne peux pas la vouloir si tu la rejettes. Je ne peux pas être heureux si tu fais la gueule !

Pour finir, Joachim avait crié. Nathan l'attrapa par l'épaule. Joachim n'avait pas peur, il se serait laissé tuer avec plaisir par le colosse. Nathan le devina et il lâcha son frère comme s'il s'était brûlé.

— Tu l'épouseras en juin, dit-il lentement. Je vais vous faire construire une maison sur...

— Arrête ! hurla Joachim. Arrête, salaud ! Mais c'est infect ! Tu fais tout pour me rendre fou ! Tu me la donnes et tu me mets dehors, c'est ça le marché ? Tu es méchant, Nathan, vraiment méchant.

C'était bien la première fois que Joachim jugeait son frère. Nathan était devenu tout pâle. Les veines saillaient sur son cou et sur ses mains, attestant des efforts qu'il faisait pour se maîtriser.

— Tu es grand, Joa. Il est temps que je te lâche.

L'aveu lui coûtait cher mais ne servit à rien, car son frère riposta aussitôt :

— Si tu me lâches, je tombe.

Pauvre Nathan qui croyait au travail et à l'amour, qui ne savait rien d'autre, et que Joachim crucifiait avec sa confiance aveugle.

— Tu veux tout, hein, petit ?

— Oui, dit Joachim déjà joyeux.

— Et il faut que ce soit moi qui te le donne ?

Son frère était si amer, d'un coup, que Joachim ne supporta pas cette expression qu'il ne lui connaissait pas. Il se jeta contre lui.

— Je t'aime, Nathan, s'exclama-t-il en le serrant avec une force qui fit grimacer le géant. Je t'aime, répéta-t-il encore une fois, plus bas, avec une sorte de sensualité animale.

Doucement, Nathan obligea son frère à reculer. Il le regarda comme s'il cherchait à se convaincre de quelque chose. Mais Joachim ne voulait pas s'éloigner.

— Nathan…

— Je sais, soupira-t-il. Tu vas dire s'il te plaît, Nathan, s'il te plaît… et je ne pourrai rien faire… Qu'est-ce que tu veux, Joa ?

— Je veux… attends, ne bouge pas…

La bouche dans le cou de son frère, Joachim parlait avec difficulté. Il s'appuyait de tout son poids sur l'autre qui était comme un roc.

— Je veux faire comme toi. Être comme toi. J'ai envie d'elle, de Marie, c'est plus fort que moi… Elle ne m'aime pas, je le sais très bien… Quand elle fait l'amour avec moi, c'est à toi qu'elle pense… moi aussi…

Cherchant toujours ses mots, il resserra son étreinte, essayant de se fondre dans son frère. Il répéta :

— Ne bouge pas, Nathan… Écoute-moi… Je voudrais qu'elle soit à la maison, je voudrais vivre sans être attiré ailleurs, coucher avec elle et lui faire des enfants, et pouvoir dormir avec toi en paix, sans les mauvais rêves…

Nathan fit un mouvement mais Joachim le tenait si étroitement et avec tant de force qu'il ne put se dégager.

— Arrête, grogna Joachim, laisse-moi finir… Il me la faut, mais seulement si c'est toi qui me l'offres. Pas autrement. J'ai besoin d'elle, oui, mais toi… Oh, toi… Je n'y peux rien, tu es partout dans ma tête… Sors-moi de là. Tu crois que je peux vivre sans te parler, dis ? Et tu m'obliges à quitter la maison pour aller la retrouver à la sauvette… C'est chez moi, ici ! Tu m'entends ?

Il eut un sanglot sans larmes et lâcha son frère d'un coup.

— Tu me fais mal, dit Nathan en passant sa main sur ses côtes endolories. Tu as toujours été un chien fou. J'irai parler à Marie et à son père demain. Je ferai ta demande. Pour le reste, tu te débrouilleras ou il faut que je leur explique aussi ?

Joachim s'épanouit dans un sourire de pur bonheur.

— Tu arranges tout !

— Comme d'habitude ! dirent-ils ensemble.

Ils se mirent à rire pour se débarrasser de la tension qu'ils avaient eu du mal à supporter. Ils étaient encore hilares en pénétrant dans la cuisine.

— Suzanne ! tonna Nathan. Va chercher du champagne à la cave, on a quelque chose à fêter !

Éberluée, elle attendait la suite.

— Joa va épouser Marie ! Si nous tombons d'accord, le vieux Guérard et moi, la noce sera pour juin. Qu'en dis-tu ?

Elle ne pouvait rien dire, la malheureuse, la nouvelle la laissant muette et immobile. C'est surtout la joie de Nathan qui l'étonnait. Marie, elle s'attendait à en entendre parler un jour ou l'autre, mais pas comme ça. Elle tourna la tête vers Sixte et ils échangèrent un long regard que surprit Nathan.

— Et vous, beau-père ? Qu'en pensez-vous ?

Il y avait trop de défi dans la question et Sixte n'était pas fou. Il répondit simplement :

— Je vous trouve bien gai, Nathan.

Oui, et cette gaieté ressemblait beaucoup à celle qu'avait manifestée Joachim lors du mariage de son grand frère. Très inquiet, Sixte comprit que Nathan et Joachim avaient décidé de ne rien changer à leur vie et d'expédier Marie sur le même chemin que Suzanne.

Bien des années plus tard, il racontait encore cette conversation en affirmant que, ce soir-là, tout s'était joué. Et il prétendait même qu'il avait su, dès ce moment, quand et pourquoi ça finirait.

4

Il ne l'avait pas fait exprès, Joachim. Il ne l'avait pas dit pour avoir Marie ou fléchir son frère, mais il avait prononcé la formule magique avec ces trois mots : je t'aime. Et Nathan repoussa ses démons un moment encore.

Oh, il n'était pas lâche, Nathan, tant s'en fallait ! Mais il avait une telle passion pour Joa que tout ce qui les menaçait le rendait fou. L'autre avait rappelé : « Je t'aime », se mettant à nu pour avouer à son tour le même délire. Nathan était obligé d'accepter, il accepta.

Le lendemain les trouva sur leurs chevaux dès l'aube. Ils avaient dormi d'un sommeil lourd de champagne, de bonheur. Puis ils s'étaient mis en selle avec le jour. Nathan sortit Maréchal et Lorient, tandis que Joachim montait trois jeunes chevaux tour à tour. Ensuite Nathan regarda son frère travailler le gris. Vers midi, il abandonna la barrière où il s'était assis et enjoignit à Joachim de longer Noé pour en finir plus vite, bousculant un peu la fin de leur matinée de travail. Ils déjeunèrent à une heure normale, pour une fois, et Nathan quitta la maison juste après le café, en sifflant à tue-tête.

Il n'avait pas changé de vêtements, sciemment. Il

n'avait aucune envie de manifester un quelconque respect pour Marie ou pour son père. Il se rendit chez eux dans son camion, comme en passant. Il ne rata pas son effet.

Dès qu'elle le vit, Marie sembla tétanisée. Elle n'avait pas oublié la sévère leçon qu'il lui avait infligée. Il venait d'entrer dans la salle de la ferme après avoir frappé mais sans avoir attendu la réponse. Gigantesque et déplacé, dans cette cuisine qui n'était pas à sa mesure, Nathan proféra quelques banalités d'usage puis s'assit sans y avoir été invité. Il alluma un cigare et, ignorant Marie, il s'adressa à son père :

— Je vous dérange ? Je passais… et comme je dois vous parler… Mais, si vous préférez, je reviendrai…

— Non, non ! Vous êtes le bienvenu, Nathan, protesta Guérard en hâte. Tout va bien, là-haut ? Vos chevaux ?

— Au mieux ! Vous devez le savoir par Joa, non ? Il vient souvent chez vous…

— Oui, oui, dit l'autre très vite. Marie, sers-nous du café et débarrasse un peu cette table !

Gêné du désordre et du silence de sa fille, le fermier s'agitait.

— C'est de Joachim que je suis venu parler…

Père et fille s'immobilisèrent aussitôt. Nathan la regarda enfin, elle, bien en face.

— Je prendrais volontiers un alcool, avec le café…

Elle hocha la tête sans relever l'insolence. Il lui faisait peur. Dès qu'il la sentit docile, il se désintéressa d'elle.

— Bon, vous vous en doutez, je suis là pour demander la main de Marie au nom de Joachim.

Il y eut un silence épais.

— C'est... c'est... Vous me flattez, dit enfin Guérard.

Il se sentait misérable devant cet homme-là. Son frère, à la rigueur, n'était pas désagréable. Mais Nathan avait quelque chose d'inquiétant et, depuis que sa fille fréquentait Joachim, il tremblait pour elle. Il y avait des semaines qu'il dormait mal à l'idée de voir Nathan débarquer chez eux. Sa petite ferme allait cahin-caha. En plus il y avait cette dernière fille qu'il fallait marier avant qu'elle ne tourne mal. Il était veuf et n'aspirait qu'à se retirer chez un de ses aînés. Un Desroches pour gendre, c'était peut-être une aubaine, mais Nathan le terrifiait. Sa taille, sa force, sa morgue : Guérard détestait tout en bloc.

— Marie ? interrogea-t-il, pour la forme.

La jeune fille vint s'asseoir avec eux, après avoir posé doucement sa cafetière sur la table. Nathan avait un regard impossible à déchiffrer. Elle lui sourit quand même.

— Je suis très heureuse, dit-elle.

— Donc tu es d'accord ?

— Bien sûr !

Guérard se détendit un peu et poussa la bouteille de gnôle vers Nathan.

— C'est un beau jour, souligna-t-il.

Nathan mit sa main sur son verre, empêchant Guérard de le servir.

— Il y a quelques détails...

Il parlait sans regarder personne, avec un sourire ironique.

— Quand j'ai demandé Suzanne à Sixte, il y a quelques années, je lui ai exposé la situation un peu... spéciale de ma famille.

— Oh, je sais bien, commença Guérard, mais Nathan l'interrompit.

— Il y a Justin, qui est idiot mais dont je m'occupe. Il y a Suzanne, avec qui Marie devra s'entendre. Il y a Sixte, qui est très gentil. Bref, c'est une maison… organisée. Marie devra y faire son trou.

Guérard hochait la tête comme un automate pendant que Nathan poursuivait, impitoyable :

— En ce qui concerne Joachim, nous avons notre façon de vivre, lui et moi, avec nos habitudes et aucune envie de les changer.

Tandis que Marie remuait son café, Guérard fixait le sol. Nathan insista, presque goguenard.

— Je me fais bien comprendre ? Après, il sera trop tard pour en discuter de nouveau. Marie aurait peut-être préféré une maison bien à elle ? Chez moi, elle n'aura qu'une chambre. Et il faudra qu'elle arrête de travailler. Aucune femme, dans ma famille, n'a jamais été s'employer ailleurs. Enfin, nous avons des horaires pénibles parce que les chevaux sont notre gagne-pain. Et puis… mais ça, c'est connu je pense, chez moi il n'y a que moi qui commande.

C'était un bien long discours, pour Nathan, mais il n'avait rien laissé dans l'ombre. Guérard releva la tête et jeta un coup d'œil vers sa fille. Malgré tout ce que l'attitude de Nathan avait d'arrogant et d'humiliant, il avait envie qu'elle accepte ce mariage insensé. Il n'eut pas à attendre, elle se décida tout de suite.

— Je suis très contente de devenir ta belle-sœur, Nathan !

Reprenant confiance en elle, elle lui tendait la main, par-dessus la table. Il la serra en y mettant de la force et elle étouffa un cri.

— Je voudrais parler à votre fille en tête à tête, dit Nathan.

— Je te raccompagne...

Il se leva et se planta devant Guérard.

— Puisque tout le monde est d'accord, ce sera le premier samedi de juin.

Soulagé, le fermier se mit debout à son tour. Il arrivait à peine à l'épaule de Nathan. Il voulut dire quelque chose mais l'autre s'était déjà détourné et passait le seuil, suivi de Marie. Ce n'est qu'arrivé à son camion qu'il parla.

— Donc, tu acceptes ? Eh bien, il viendra sans doute te voir demain... puisqu'il vient tous les jours ! Est-ce que tu as tout entendu, petite ?

— Oui. Justin et Suzanne, vos chevaux et vos habitudes.

— C'est ça... Et puis une dernière chose... J'espère que tu aimes dormir seule ? Que tu n'as pas froid la nuit ? Parce que Joa ne quittera pas sa chambre, tu sais, il n'ira chez toi que s'il a besoin de compagnie...

Le dédain de Nathan la fit se hérisser.

— Chambre à part ? La veuve raconte ça partout, c'est donc vrai ? Je suis logée à la même enseigne que Suzanne ?

Elle en grinçait des dents, mais il haussa les épaules avec indifférence.

— Rien de changé pour nous parce que tu débarques... T'as dû rater quelque chose mais je te réexplique : j'offre un beau jouet à Joachim, je ne chamboule pas ma vie ! Tu verras, ça ne vous empêchera pas d'avoir des enfants.

À bout de patience, elle explosa :

— Tu as toujours traité tout le monde comme ça ?

— Sais pas. Je n'y ai jamais fait attention...

Cette fois elle était devenue pâle et elle se fâcha pour de bon.

— Il va falloir compter avec moi, Nathan !

— Je ne compte que sur moi, ça m'évite les soucis.

— Je ne suis pas une oie blanche, je ne suis pas ta femme, moi ! Regarde autour de toi, Nathan, le monde a changé et les filles aussi ! Pourquoi crois-tu que j'accepte de l'épouser, ton frère ? Dis ?

— Pour le rendre heureux, cette blague !

Il posa sa grande main sur l'épaule frêle de Marie et se pencha vers elle.

— Donne-moi une autre version et tu n'auras pas assez de toute ta vie pour le regretter. Tu l'épouses parce que tu l'aimes. C'est ce que je vais lui dire. Tu as intérêt à le lui faire croire, même si ce n'est pas vrai.

Comme il était presque doux, soudain, elle demanda :

— Mais toi ? Tu n'as pas envie de savoir la vérité, toi ?

— Surtout pas.

La tête levée, elle le regardait sans crainte.

— Tu me plais, Nathan… C'est fou ce que tu me plais ! J'accepterais n'importe quoi pour vivre près de toi. Tu ne peux pas m'empêcher de penser à toi.

— Oh non, soupira-t-il. Ce qu'il y a dans ta tête… qu'importe ! Vis avec tes rêves, je m'en fous. Seulement si tu ne le rends pas heureux, lui, tu vas te retrouver en enfer…

Ses yeux clairs semblèrent se voiler, une seconde, lorsqu'il ajouta à mi-voix, avec un certain plaisir :

— Pour lui, petite, je peux tuer, mettre le département à feu et à sang, changer de nom et de pays, rien ne me fait peur quand c'est pour lui. Ne te mets pas sur ma route…

Il était froid, inaccessible, il n'avait même pas besoin

d'être menaçant. Elle recula, horrifiée par ce qu'elle venait de deviner.

— Je l'aime bien, tu sais, bafouilla-t-elle. Il est beau, il est gai, il est gentil, ses enfants seront superbes, tu verras...

Satisfait, il se détourna.

— Je n'en doute pas, murmura-t-il en grimpant dans son camion.

— Ne le laisse pas dans le vide ! hurla Nathan. Ah, il est beau, ton abord !

Noé venait d'effectuer un saut maladroit, sur une barre d'un mètre quarante placée au milieu de la carrière. Nathan secoua la tête, excédé.

— Tu le laisses passer, tu tends et tu le suis, c'est facile, quand même !

Joachim paraissait fatigué, mais Nathan refusa d'en tenir compte.

— Recommence...

— Il en a marre, Nathan. Et moi aussi.

Noé était en sueur, s'acharnant contre la main de Joachim qui ne parvenait pas à le calmer.

— Tu n'arrives à rien ! Il dépense une énergie folle en pure perte. Il te gagne toujours de vitesse, il te connaît par cœur ! En plus, tu le reprends trop tard. Tu t'en rends compte, au moins ? Hein ? Hé, Joa, je te parle !

Comme Joachim ne lui répondait pas, Nathan se buta.

— Reviens là-dessus gentiment, allez ! Tends-le et fais des demi-arrêts s'il t'emmerde, compris ?

Joachim remit Noé au galop.

— Trop de main ! cria son frère.

De plus en plus souvent, Joachim se sentait maladroit sur Noé. La petite taille de l'anglo-arabe interdisait à Nathan de le monter et c'était dommage, car de lui seulement ce cheval de feu aurait pu s'accommoder. Avec Joachim, il jouait. Et il gagnait souvent. Mais Nathan ne voulait pas le vendre avant de l'avoir conduit à son meilleur niveau. Il estimait que Joachim pouvait y arriver. Ou du moins aurait pu si le cheval lui avait plu. Seulement Joachim s'épuisait, sans aucun plaisir, à le combattre sans le dominer.

— Fous-lui la paix, Joa, bon sang !

Énervé, Joachim s'arrêta de nouveau.

— C'est terrible de voir ça ! tonnait Nathan. Laisse-le aller, mets-le sur une volte au besoin... Tu le reprendras juste une fois quand il sera droit, et puis tu ne touches plus à rien... Tu montes comme un cochon, ce matin ! Allez, vas-y...

Nathan, les yeux plissés, regarda Noé s'envoler bien au-dessus de l'obstacle.

— Pas mal, apprécia-t-il.

Il n'en avait que pour le cheval et ne voyait pas la fatigue de son frère. Il monta la barre d'un trou.

— Reviens...

Noé, sous pression, était couvert d'écume. Il donna deux ou trois coups de tête désordonnés. Il détestait son cavalier.

— Joachim ! Merde ! Arrête-le ! Tu ne peux pas présenter un cheval sur un droit de cette hauteur avec la gueule en l'air ! Ou alors vous vous tuerez tous les deux ! Ne viens pas s'il n'est pas placé, s'il n'est pas prêt...

Levant enfin les yeux vers son frère, Nathan fronça les sourcils.

— Tu as l'air crevé, Joa...

— Oui.

— Pourquoi ?

— Il me rend fou ! Je ne comprends plus rien aux chevaux quand je suis sur son dos…

Buté, amer, Joachim ruisselait de sueur lui aussi.

— Tu en as peur, Joa ?

— Non.

Un « non » à peine audible, trop vite jeté à contre-cœur. Nathan hésita puis se borna à grogner :

— Alors en route.

Joachim eut un bref soupir puis remit Noé au galop. Le cheval, par jeu ou par vice, lui décocha un superbe coup de cul et tenta une accélération immédiate. Joachim, résigné, le plaça sagement en cercle, lui fit baisser la tête, l'amena sur sa main et rompit la volte pour se présenter devant l'obstacle. La foulée était croissante et le saut fut impeccable.

— Bien, très bien ! cria Nathan.

Il était surexcité, moitié admiratif devant la persévérance de son frère et moitié déçu qu'il n'y ait pas eu bagarre.

— Une dernière fois et on le rentre ! Vas-y !

De nouveau, Noé se défendit avec violence, secouant ses mors, puis il s'arrêta net et se dressa sur ses postérieurs. En deux enjambées, Nathan les rejoignit.

— C'est fini, oui ? C'est fini, ce cirque ?

Il atteignit l'animal à la volée, sur les naseaux. Joachim eut du mal à se maintenir en selle lorsque Noé fit demi-tour et se jeta en arrière.

— Il s'amuse avec toi, regarde-le ! criait Nathan. Bientôt il sera impossible à monter ! Un vrai cheval sauvage ! C'est ça que tu veux ?

— Mais tu ne vois donc pas la force qu'il faut pour en obtenir quelque chose ? riposta Joachim.

— Tais-toi et avance.

— Je veux bien, mais pousse-toi, alors...

Dans sa fureur, Nathan s'était emparé de la bride de Noé. Il lâcha prise, vexé.

— Écoute, Nathan, une martingale lui ferait du bien...

— Jamais ! Débrouille-toi sans ça. Galope !

Joachim reprit l'exercice, de plus en plus mal à l'aise. Il ne s'était jamais senti aussi impuissant qu'avec cet animal rétif. Et il ne s'était jamais disputé avec Nathan. Les mains et les épaules douloureuses, il se sentait lourd, inapte, à contretemps. Il banda toute sa volonté pour réussir un ultime passage correct.

— Magnifique ! s'extasia Nathan derrière lui.

Après avoir remis Noé au pas, Joachim se laissa aller, au bord de l'épuisement. Nathan s'approcha, souriant.

— Pardon, Joa, je t'ai parlé comme à un débutant... Mais vous êtes tellement pénibles à diriger, tous les deux... Tu es si différent, sur lui...

Embarrassé, Nathan guettait l'approbation de son petit frère.

— Je le déteste, dit Joachim entre ses dents.

— Non, ça passera, tu verras... C'est le plus cabochard de l'écurie, je sais bien, mais c'est aussi le plus doué, non ? Si tu trouves le truc pour t'entendre avec lui, c'est une bête sans limites. Un champion.

— Peut-être... Mais il profite de la moindre erreur, de la plus petite distraction... Il cherche à mal faire, tout le temps...

— Il faut que tu prennes le dessus, Joa !

— J'essaie...

Joachim enlevait ses gants pour masser ses doigts engourdis. Nathan l'observa quelques instants.

— Change-le d'embouchure si tu veux, mais pas question de martingale. Tu es fatigué ?

— Mort.

Avec légèreté, malgré son épuisement, il sauta à terre, juste devant Nathan.

— Joa... Je t'en demande trop ?

Ils échangèrent un regard où toute leur douceur mutuelle avait retrouvé sa place.

— Ces jours-ci, on va le travailler au ralenti, sans le faire sauter. Après ça, on le mettra sur les gros du cross, d'accord ?

— Si tu veux, accepta Joachim. Tu sais ce que tu fais.

Ce fut Marie qui vint, ce jour-là, sans attendre que Joachim se manifeste à la ferme. Elle arriva, souriante et enjouée, apportant des truffes de la part de son père. Elle rencontra les deux frères alors qu'ils sortaient de l'écurie. Le premier mouvement de Joachim fut de la soulever pour l'embrasser. Nathan, débonnaire, la retint à déjeuner.

Durant tout le repas, Joachim afficha sa satisfaction. Assis entre son frère et sa future femme, il semblait vouloir ménager l'un et l'autre et les faire participer, fût-ce malgré eux, à sa joie. Dès qu'ils eurent bu le café, alors que, le vin aidant, Joachim commençait à regarder Marie avec trop d'insistance, Nathan se leva.

— Au travail, Joa ! Il faut examiner la piste de la forêt, nous allons prendre des outils...

Il tendit la main à Marie.

— À bientôt, petite. Vous aurez tout le temps, allez !

Elle lui abandonna sa main à regret, avec crainte, mais il se contenta de l'effleurer.

Sixte prétendrait toujours qu'à ce moment-là ce qui

était le plus dur à supporter, pour Nathan, n'était pas l'air bête de Joachim à l'égard de Marie mais, au contraire, l'air mi-extasié, mi-chien battu que la jeune fille affectait devant Nathan.

Peut-être. Peut-être Nathan trouvait-il terrible de voler à son frère l'admiration et l'amour de Marie. Même s'il pensait être le seul à le voir. Ce qui était faux puisque Sixte, inlassable, les épiait et comprenait tout. Il est certain que durant cette période – elle l'a avoué plus tard – Marie aimait Nathan, brûlait pour lui. Avec la folie imbécile de la jeunesse, elle espérait quelque chose de cette union. Oui, elle l'aimait, et lui seul alors. Plus tard, après le drame, elle avait parfois du mal à ne pas les confondre dans ses souvenirs mais, ce jour-là, à la ferme Desroches, elle ne voyait que Nathan.

Lorsqu'ils furent partis, leurs sacoches pleines d'outils, Marie se retrouva avec Suzanne. Sixte avait préféré s'éclipser et il était monté surveiller Justin. La veuve ressentit le besoin de sortir et elle gagna le lointain salon sous prétexte de ménage. Alors Suzanne offrit des cerises à l'eau-de-vie. Elles les dégustèrent un temps en silence puis Marie murmura :

— Nathan m'a parlé, hier… Il m'a dit des choses… des choses qui… vous allez sans doute pouvoir m'aider ?

— On se tutoie, Marie !

Suzanne souriait, bienveillante devant cette jeunesse.

— Tu as peur de rentrer dans la famille, hein ? J'ai vécu ça avant toi. On s'y fait !

— Joachim et Nathan partagent la même chambre ?

Elle était venue à l'essentiel sans détour. Suzanne décida d'être franche.

— La même, oui. Grande comme une salle de bal et gaie comme une église ! Avec une cheminée pour cuire des sangliers entiers et un lit où on tiendrait à quinze ! Tu la verras bien assez tôt. La voir comme ça, vite fait, parce que Nathan n'est pas Barbe-Bleue mais quand même, c'est son antre, son territoire...

— Et toi ?

— J'ai la mienne. Tu en auras une aussi. Mais Joachim n'y dormira pas.

— C'est donc vrai ?

— Tout ce que dit Nathan est vrai. Il a bien fait de te prévenir.

Marie hocha la tête, boudeuse.

— Ce n'est pas vraiment normal.

— Non. Si tu veux le voir comme ça, ce n'est pas normal. Un homme devrait dormir près de sa femme et partager son lit honnêtement. Mais eux, non... Ils ont laissé passer le temps où ils auraient dû se séparer. Si Nathan avait mis Joachim dans un lit d'enfant il y a quinze ans... Seulement il ne l'a pas fait. On ne peut plus rien contre ça, toi ou moi.

Suzanne voulait raconter pour aider l'autre et la mettre en garde. Elle poursuivit :

— Il y a longtemps que je les ai sous les yeux. Il vaut mieux les accepter comme ils sont que de se désespérer en pure perte. Tiens, si Juliette est malade, eh bien, ils la veillent ensemble, sans bouger et sans parler. Si tu dis que tu as envie d'une robe à fleurs, ils te donnent de l'argent pour en acheter six ! Et avec eux au bras, tu te sens fière.

Renversant la tête en arrière, Suzanne se mit à rire. Elle n'était pas sans charme, et Marie, à sa grande surprise, ressentait de la sympathie pour elle.

— Je t'ai dit le bon, reprit Suzanne, maintenant

voilà le mauvais. Ils sont sans pitié, je te préviens. Inutile de prétendre qu'on est fatiguée, ils ne savent pas ce que c'est ! Il faut que les bottes soient cirées et les marmites pleines. Il faut que ça tourne, quoi... Et vite !

— Tu parles d'eux comme s'ils n'étaient qu'un, fit remarquer Marie.

Suzanne se rembrunit.

— C'est tout comme, admit-elle. À une différence près. Nathan est coléreux. Il peut devenir féroce : c'est un loup. Fais-toi oublier quand il est en rogne. Joachim est plus calme, tu n'auras pas de soucis. Mais Joachim n'affronte jamais Nathan, alors ne compte pas sur lui pour te protéger.

Marie médita les paroles de sa future belle-sœur en prenant son temps. Elle suçait les cerises et crachait les noyaux dans sa main fermée. De drôles d'images tournaient dans sa tête d'écervelée.

— Il vient souvent te voir le soir, Nathan ?

— Tous les soirs !

En une seconde, Marie sentit toute sa gentillesse s'envoler. Quand Suzanne insista, elle faillit se mettre les mains sur les oreilles.

— Jamais une défaillance ! Si Joachim est comme lui, tu ne vas pas t'ennuyer...

Marie se détourna et regarda au-dehors. Elle ne voulait pas penser à Nathan de cette manière. Elle eut envie de dire une méchanceté.

— Vous vivez comme des sauvages...

— Mais non, se défendit Suzanne, pas du tout ! Oh, je ne suis pas de ta génération, mais je t'assure que je ne me sens pas brimée ou quoi que ce soit de ce genre... La maison est grande et il n'y manque rien. Personne ne t'obligera à aller à la messe le dimanche !

Elle voulait plaisanter mais Marie la toisait, sérieuse, un peu ivre.

— Et la musique ? demanda-t-elle soudain.

— La musique ?

Abasourdie, Suzanne cherchait à comprendre.

— Mais… oui, sans doute… Il y a la télé, la radio, ce que tu veux… Nous, on ne s'en occupe pas, mais ce n'est pas interdit que je sache !

Marie haussa les épaules. Elle était persuadée, la malheureuse, qu'elle allait tout changer. Elle supposa, agacée, qu'elle aurait tout de même Joachim à supporter tous les soirs. Au lieu de Nathan.

— J'ai du travail, petite, dit Suzanne qui s'était levée. Reviens quand tu veux…

Sans même avoir à se forcer, Marie l'embrassa de bon cœur.

Nathan prit appui sur un pied, solidement, et souleva un peu le tronc d'arbre.

— Celui-là fera l'affaire, décida-t-il. On va le caler sur l'autre.

Sourcils froncés, Joachim évalua le poids de la pièce de bois.

— Je t'aide ?

Depuis deux heures, ils arrangeaient à leur idée la piste du grand cross. Ils avaient dégagé les fossés comblés d'humus, mis du fil de fer pour consolider des haies artificielles, relevé un talus, multiplié les difficultés et les pièges du parcours. Pour le dernier obstacle, Nathan voulait ajouter un tronc sur celui qui était déjà en place, afin de rendre le saut plus technique, plus délicat. Ils avaient d'abord scié un arbre, en bons bûcherons qu'ils étaient. Puis ils l'avaient couché exactement où ils avaient voulu avant de l'élaguer. À présent, il restait à le soulever pour le poser sur l'autre.

— À trois, dit Nathan.

Il compta lentement et ils levèrent ensemble la charge. Joachim vacilla, une seconde. Nathan le sentit, sans avoir besoin de regarder son frère.

— Lâche pas, Joa, gronda-t-il entre ses dents.

Ils avancèrent de quelques pas, avec précaution.

— On y est presque ! On va faire ça en deux temps... On le pose... attention tes doigts... à trois...

Ils lâchèrent ensemble. Nathan passa le revers de sa main sur son front et observa Joachim.

— Un peu lourd pour toi, non ?

— Un peu, admit l'autre.

En temps normal, Nathan aurait ri. Là, il se contenta de bougonner :

— Tu as de la force quand tu veux. Pense donc... tu seras bientôt un homme marié !

Joachim haussa les épaules, ignorant l'agressivité de son frère.

— On y va ? demanda-t-il.

Il se penchait déjà mais Nathan l'arrêta.

— Attends, tête brûlée ! On le prend, on avance d'un pas, on assure et on le hisse sur l'autre. La fourche va le caler, il ne roulera pas. D'accord ?

Comme Joachim hochait la tête en silence, Nathan s'énerva.

— Si tu ne t'en sens pas capable, Joa, ne nous embarquons pas là-dedans, c'est un coup à se faire écraser...

Ils avaient préparé l'endroit avec soin. Une fois le tronc en place, il ne pourrait plus bouger. Encore fallait-il l'y mettre.

— Allons-y, Nathan, dit Joachim.

Ils échangèrent un bref coup d'œil pour s'assurer de l'autre, et ils se penchèrent en même temps. Il fallait leur force herculéenne et leur habitude l'un de l'autre pour prétendre y arriver à deux. Joachim pâlit brusquement sous l'effort. Nathan soufflait avec bruit.

— On avance... là... c'est bien... stop... Tu tiens ? Tu as une bonne prise, Joa ? Vas-y, on lève !

Joachim, les poumons brûlants, titubait sous la charge.

— Courage, grogna Nathan d'une voix rauque.

Le tronc était presque en place, juste à la bonne hauteur.

— Lâche d'abord, Joa !

Nathan grinçait des dents, lèvres retroussées. Joachim lâcha d'un coup, une fraction de seconde avant son frère. Le bois craqua et tint bon, comme prévu. Joachim se laissa glisser au sol, les bras en croix, une jambe repliée sous lui, et il regarda son frère d'en bas.

— Avec toi, je pourrais soulever la Terre, dit-il enfin.

Nathan se sentait vidé. Il avait déployé toute sa force, ce qui lui arrivait rarement, pour protéger Joachim d'une éventuelle faiblesse. À son tour, il tomba à genoux, le dos douloureux. Ses yeux se posèrent par hasard sur les mains de Joachim. Une profonde entaille saignait sur une des paumes.

— Tu t'es fait mal, Joa !

— C'est sans importance, je ne sens rien. Je ne pourrai jamais bouger d'ici, je suis mort.

Nathan examina la main de son frère.

— C'était dur ? demanda-t-il au bout d'un moment.

— Terrible, dit Joachim en souriant.

— Je n'aurais pas cru que tu pouvais le faire...

— Mais tu me l'as demandé.

Nathan eut un rire bref.

— Viens, il fait presque nuit.

Après quelques efforts pour se redresser, Joachim renonça.

— Encore cinq minutes.

— Non, tu vas attraper la crève.

Nathan s'était mis debout. Il se pencha et prit son frère par les épaules, tendrement. Il le souleva sans aucun effort.

— Tu es une vraie plume, dit-il en lui brossant son pull.

Titubant, Joachim dut s'appuyer sur Nathan.

— Comment fais-tu, toi ?

— Je suis ton grand frère.

Trois fois de suite, Joachim respira à fond.

— Bon, ça va maintenant, rentrons.

Ils se mirent en route, le long de cette allée qu'ils avaient déboisée eux-mêmes bien des années plus tôt. Nathan, que Joachim ne pouvait plus distinguer dans l'obscurité, se laissa aller à une sorte d'accablement. Il entendait encore la phrase de son frère : « Avec toi, je pourrais soulever la Terre. » Et Nathan réalisait, horrifié, qu'il avait presque eu envie de faire mal à Joachim, quelques instants plus tôt, de laisser peser ce tronc sur les bras de son petit frère pour le voir plier. Il ne comprenait rien à cette pulsion quasi meurtrière qu'il venait de ressentir, et il s'en voulait affreusement. Au bout de quelques pas, n'y tenant plus, il s'arrêta.

— Attends, Joa...

Aussi malheureux que coupable, Nathan enfonça ses mains dans ses poches.

— Tu es fatigué, Nathan ?

— Moi ? Tu es bête, répondit Nathan que cette idée

parut amuser une seconde. Non, écoute, je voulais te dire... Tout à l'heure, cet arbre...

— Oui, oui, je sais ! Tu te moques toujours de moi, chaque fois, parce que je suis obligé de me surpasser pour te satisfaire !

— Ce n'est pas ça... Je voulais te dire...

— Nathan, supplia Joachim, j'ai froid, je suis à plat, et j'ai mal...

Nathan tâtonna pour saisir la main de son frère.

— Celle-là ?

— Oui.

— Qu'est-ce que je faisais, quand tu étais petit ?

— Tu soufflais dessus et tu disais que c'était fini.

Très lentement, Nathan baissa la tête et souffla sur la paume de Joachim.

— C'est fini, dit-il d'une voix étranglée par l'émotion.

Ils se remirent en marche, Nathan gardant la main de Joachim dans la sienne. Le moment de vérité était passé.

Bien sûr, Sixte ne voyait pas tout. Mais ce qu'il voyait lui suffisait. Nathan avait demandé à Guérard la main de Marie, pour Joachim, comme il l'avait fait naguère avec lui pour Suzanne. Inutile d'être devin ou d'écouter aux portes, c'étaient bien les mêmes exigences, la même brutalité dépouillée. Pire, sans doute, car Nathan s'était durci avec les années. De plus, il n'aimait pas Marie, il ne l'avait jamais désirée. Elle a pu penser, par la suite, que Nathan l'avait fuie pour ne pas déposséder Joachim. Pauvre fille !

Oui, on peut dire après tout qu'elle ne compta pas. Elle fut, à son insu, comme un révélateur entre eux.

99

Seulement cela : mais ce fut suffisant. Sixte, à la fin de sa vie, racontait encore :

— J'en étais bleu de les voir, tous ! Ce fou de Nathan au milieu de sa tempête, et les autres, ballottés, imbéciles ! Joachim ne savait pas où il allait mais il s'y laissait conduire par son frère, avec cette soumission des bêtes qu'on mène à l'abattoir. Suzanne se voilait la face. Justin devenait peu à peu comme un animal qui sent l'orage. Et Marie, avec ses extravagances, qui vint là pire qu'une étrangère... Oh, quelle ménagerie c'était quand j'y repense ! Des bêtes, oui, des bêtes aveugles poussées par ce géant que l'amour rendait féroce...

Il ne riait pas, Sixte, en débitant son discours. Parfois même, il était au bord des larmes. Bien sûr, c'était sa fille qu'il pleurait mais, à sa manière, il avait aimé Nathan.

L'ambiance se détériorait, petit à petit, imperceptiblement, à l'approche du printemps. Les allusions de Nathan au prochain mariage de Joachim étaient toujours plus nombreuses et de moins en moins drôles. Ses exigences concernant les chevaux augmentaient sans cesse. Parfois, le soir, lors de ses visites chez sa femme, il avait des questions plein les yeux mais il ne lui demandait rien. Il allait retrouver Joachim. Il avait du mal à accepter l'évidence, Nathan ! Que son frère puisse avoir besoin de quelqu'un d'autre que lui, ou seulement de quelque chose que lui, Nathan, ne pouvait pas donner, avait de quoi le rendre fou.

Une nuit où Joachim, à son habitude, lisait au lit, Nathan ne put s'empêcher de lui parler. Il arrivait de chez Suzanne et, tout en ôtant sa robe de chambre, il risqua une question.

— Tu penses à Marie ?

Étonné, Joachim baissa son ouvrage.

— Non, bien sûr ! Je pense à ce que je lis !

Nathan s'allongea près de son frère avec un sourire de mauvais augure.

— Tu n'es donc pas impatient d'être marié ?

— Si... non... je ne sais pas...

La main de Nathan, par jeu, s'abattit sur la nuque de Joachim.

— On sait toujours, petit frère !

— Masse-moi les épaules, tu veux ? Eh bien, oui, j'aimerais qu'elle soit là, je pourrais me lever et aller lui faire l'amour. Comme toi !

À plat ventre, le nez dans son oreiller, Joachim riait. Il ajouta :

— Lui offrir des fleurs. La regarder boire son café le matin. Être au chaud pour se déshabiller... Tu m'as condamné à l'amour barbare depuis des mois ! En plein hiver... Tu me fais mal, Nathan ! Oui, j'ai dû me contenter de granges glacées ou de sous-bois couverts de neige ! Je m'en moque, mais pas elle. Elle fait toutes sortes d'histoires. C'est pour ça que je suis content, je pense que ça ira mieux ici.

— Mieux que quoi ?

— Oh, jusqu'à présent ce n'était pas... pas vraiment formidable ! Tu vois ?

— Non, je ne vois pas.

— Si, si... Tu imagines très bien... Doucement, Nathan !

Joachim grimaçait sous la poigne de son frère.

— C'est Noé qui te crispe à ce point ? Tu as les épaules complètement nouées. Détends-toi. Alors comme ça, tu as des problèmes ? Et tu as besoin de conseils, peut-être ?

Nathan s'amusait mais Joachim grogna :

— Parce que tu pourrais m'en donner, c'est ça ? Après tout, tu la connais aussi, n'est-ce pas ?

— Tu m'en veux encore ?

— De quoi pourrais-je t'en vouloir, hein ?

Cette fois, Joachim avait tort de vouloir ironiser. Nathan choisit la réponse la plus directe.

— De l'avoir baisée dans le camion, tiens ! Oui, tu m'en veux...

Échappant aux mains brutales de Nathan, Joachim se retourna pour lui faire face.

— Même pas, dit-il d'un air triste.

Nathan ne parvint pas à soutenir le regard de son frère.

— J'ai oublié, ajouta Joachim. Oublie aussi. J'espère qu'elle en fera autant.

Incapable d'ajouter quelque chose, Nathan se rallongea. Il resta les yeux au plafond un moment avant de tendre la main pour éteindre la lumière. À l'autre bout du lit, Joachim n'avait pas bougé. Ils attendaient, immobiles. Enfin Nathan sentit les cheveux de Joachim qui frôlaient son bras, puis la tête de son petit frère pesa contre lui.

— Ce mariage t'ennuie. Je sais ce que tu penses d'elle. Tu n'avais pas envie qu'elle entre dans la famille. On ne pourrait pas tout rayer et repartir de zéro ? Si seulement tu étais gentil avec elle, comme si rien n'était arrivé, comme si tu la voyais pour la première fois...

— Pas facile.

— Et pour moi, tu crois que c'est facile de toujours passer derrière toi ?

Joachim parlait très bas, dans l'oreille de son frère.

— Passe devant, Joa ! Passe devant...

— Je ne peux pas ! Tu as toujours été et tu seras toujours plus grand, plus fort, plus sage, plus... tout ! Mais ça ne me déplaît pas, c'est vrai. Souvent, ça m'arrange. Et ça me flatte... Seulement, pour une fois, fais comme si...

— Quoi ?

— Comme si je l'avais trouvée seul, comme si j'étais seul à lui plaire. Non, n'allume pas !

— Pourquoi ?

— Je ne veux pas.

Ils se turent quelques minutes puis Nathan se racla la gorge.

— Tu serais mieux loin de moi, Joa, loin d'ici.

Joachim s'était dressé d'un bond dans l'obscurité. Il frappa Nathan, lui donna deux ou trois coups de poing, au jugé, en y mettant toute sa fureur et en criant :

— Mais pourquoi es-tu comme ça ? Pourquoi ? Tu veux me pousser dehors, dis ?

Nathan restait rigoureusement immobile. Joachim s'arrêta de cogner une seconde, essoufflé, puis il articula très bas :

— Je veux que tu m'aimes pareil, pas que tu me rejettes !

Il s'acharna de nouveau sur Nathan qui, dur comme un chêne, n'avait aucune réaction. Enfin il abandonna, aussi soudainement qu'il avait commencé. Ce fut lui qui ralluma. Il considéra, incrédule, l'arcade sourcilière ouverte de son frère qui saignait en abondance sur les draps. Nathan le regardait, de son œil intact, avec l'air de quelqu'un qui s'amuse. Joachim fondit en larmes, tel un gamin.

— Nathan, je ne voulais pas !

— Oh si, tu voulais !

Nathan s'était mis à rire pour de bon.

— Ne sois pas ridicule, Joa. Je ne suis pas une image pieuse ! Arrête de pleurer, voyons... Tu tapes fort quand tu veux, mon salaud... Viens là et calme-toi... Reprends ta place, on va dormir...

— Tu pisses le sang !

— Je m'en fous pas mal. Tu es un vrai bébé, on ne peut rien te dire. Te pousser dehors ! Que tu es bête, Joa, c'est à ne pas croire...

Toujours secoué d'un rire énorme, Nathan obligea Joachim à se rallonger et à éteindre.

— Tu ne recommences pas tes conneries, hein ? Je veux pouvoir dormir sans que tu me sautes dessus toutes griffes dehors. C'étaient des mots en l'air, juste pour parler, histoire que tu te sentes libre. Mais en réalité...

Nathan hésita avant de se décider à conclure, honnêtement :

— En réalité, si tu pars, je te tue.

Il neigeait. De beaux flocons épais qui tombaient dru, en rangs serrés, pour dire adieu à l'hiver. De quoi ensevelir la vallée en deux heures.

Marie recula pour se mettre davantage à l'abri du sapin. D'où elle était, elle voyait très bien Nathan, au-dessous d'elle, qui travaillait depuis un moment. Ses coups de hache résonnaient sourdement au milieu des tourbillons de neige. Elle ne pouvait pas s'arracher à la contemplation du géant qui, torse nu, absorbé dans sa tâche, indifférent au changement de temps, poursuivait sa coupe.

Elle l'avait trouvé un peu par hasard, un peu parce qu'elle le cherchait. Elle se promenait souvent dans la forêt. Sans doute parce qu'elle savait que Nathan n'était jamais loin, toujours occupé à ses chevaux ou à ses arbres. Elle connaissait tous les endroits d'où elle pouvait apercevoir la carrière et elle pénétrait sur les terres des Desroches sans aucune gêne. Parfois, quand même, elle se demandait ce qui se passerait s'il la surprenait. Mais elle avait besoin de le voir, toujours dévorée d'un désir qu'il avait rendu muet.

Nathan avait dû quitter d'abord son anorak car, lorsqu'elle était arrivée, il était déjà en pull. Puis il avait eu chaud, à force de taper sur son épicéa, et il s'était interrompu pour se débarrasser du lainage. La chemise n'avait pas tardé à suivre.

Fascinée, immobile, elle le couvait d'un regard troublé. Il était beau de toute sa taille, de tous ses muscles, de toute sa force hors du commun. Beau de ses yeux gris, rivés à l'entaille du tronc, beau d'une joie puissante qu'il puisait dans ce travail harassant, beau d'une maturité pleine de bientôt quarante ans.

Elle respirait par la bouche, un peu trop vite. Elle se souvenait de ses mains sur elle, ce jour-là, dans son camion. Malgré la honte infligée par la suite devant Joachim, elle l'aimait pour de bon. Ce n'était plus un simple rêve de jeune fille ; sa passion pour Nathan comportait des souvenirs bien précis, à présent, puisqu'il lui avait donné sa bouche, ses bras, son odeur.

Malgré le froid, elle ne se décidait pas à partir. Elle vit, au loin, Joachim qui arrivait par le sentier. Sa voix lui parvint, affaiblie :

— Tu es fou, Nathan ! Habille-toi !

Un rire tonitruant monta jusqu'à elle.

— J'ai presque fini, Joa. Encore cinq minutes…

Déjà, Joachim bousculait son frère, lui jetait son anorak sur le dos, voulait lui prendre sa hache. Il y eut une brève discussion.

— Pour le plaisir ! exigeait Joachim. Laisse-moi le finir pour le plaisir…

Nathan haussa les épaules et, finalement, s'écarta pour enfiler son pull. Joachim était un bon bûcheron, même si ses coups étaient un peu moins puissants. Au bout de quelques instants, il s'arrêta pour essuyer la sueur qui coulait sur son front. Le rire de Nathan, de nouveau, troua la forêt. Joachim reprit alors la hache à deux mains et accéléra la cadence. Enfin, il y eut un silence. Marie vit les deux frères poser, en même temps, leurs mains sur le tronc. Ils se regardaient en souriant et semblaient appuyer à peine. Il y eut un craquement, une hésitation de l'arbre, puis un sifflement furieux et la terre trembla sous les pieds de Marie. Ils l'avaient couché, c'était fini.

Ils considérèrent l'épicéa en silence, tous les trois, Marie là-haut qui les épiait toujours, et eux deux, côte à côte, vainqueurs et satisfaits.

La couche de neige épaississait. Marie songea qu'il lui fallait rentrer. D'ailleurs la présence de Joachim avait rompu le charme. Elle attendit de les voir disparaître pour quitter son abri. Dès qu'elle fut assez loin, elle se mit à courir, soudain consciente du froid.

Mathieu Guérard secoua la tête à plusieurs reprises.

— Oui, oui, je suis content, répéta-t-il à sa fille. Content pour toi, d'accord, un Desroches, c'est une aubaine ! Et puis il est gentil, ce garçon, poli et travailleur, je ne dis pas… Mais sa famille ! Tu te sens de taille à supporter Nathan, toi ? Tu l'as entendu, l'autre jour ?

Assise devant la cheminée, elle souriait. Elle avait les joues rouges d'avoir tant couru sous la neige, depuis la forêt. Il trouva soudain qu'elle était bien jolie, sa dernière fille, et il se sentit triste à l'idée de la perdre, de l'abandonner aux frères Desroches. Il ne pardonnait pas à Nathan son mépris, la façon dont il les avait traités.

— Il n'est pas méchant, Nathan, répondit Marie. Il est un peu brutal, comme ça, dès qu'il est question de Joachim. C'est pire que si c'était son fils ! Il a peur pour lui, il le défend d'avance... Tout ira très bien, papa, je sais comment les prendre, l'un et l'autre...

— Mais leur maison, insista Mathieu, tu vas t'y faire à cette bâtisse ?

— La maison ? Elle est drôle ! On dirait un château, avec sa tour, je vais l'adorer. Si tu savais comme c'est grand, à l'intérieur ! C'est la maison des ogres, quoi... Allez, papa, souris...

Il n'était pas convaincu mais n'avait rien à rétorquer. Il avait donné son accord. De toute façon, il voulait la paix. Un gendre Desroches, avec Nathan pour chef de famille, c'était sûrement la paix. La paix armée.

Marie, enfin réchauffée, s'était approchée d'une fenêtre. Un camion pénétrait dans la cour de la ferme. Elle attendit, pleine d'espoir, puis constata d'une voix déçue :

— Tiens, Joachim...

Mathieu fit signe à sa fille.

— Va l'accueillir, va...

Elle s'exécuta sans hâte, faisant languir le garçon qui attendait près de la cabine.

— Je passais...

Sa timidité avait quelque chose d'agaçant. Elle se haussa sur la pointe des pieds pour l'embrasser. Songeant à l'arbre qu'il venait d'abattre avec son frère, elle soupira.

— Tu veux boire quelque chose ?

— Oh oui ! Si tu as le temps…

Elle l'entraîna jusqu'à la cuisine. Son père avait dû monter, sans doute pour les laisser seuls.

— Installe-toi. Café ?

Il se posa au bord d'une chaise et l'observa tandis qu'elle s'affairait. Il trouvait toujours difficile de parler avec elle, ne voulant pas la contrarier ou la brusquer. Il but en silence un café brûlant qui le fit grimacer. Elle vint tout de même à son secours.

— C'est gentil d'être venu, avec toute cette neige…

Spontanément, il tendit la main vers elle.

— Envie de te voir, dit-il en l'attirant.

Elle sentait bon et il n'avait pas l'habitude des parfums.

— Si on allait dans la grange ? murmura-t-il.

— Oh, je vois !

Il souriait, gêné mais charmant, tandis qu'elle repensait à Nathan, torse nu devant son arbre, tout à l'heure, et aux muscles qui roulaient sur son dos, aux coups sourds de la hache, aux tourbillons de neige.

— Viens, dit-elle soudain. Viens…

Derrière un tas d'outils mal nettoyés, dans la grange glacée des Guérard, ils firent l'amour avec précipitation. Il fut très étonné de la satisfaire aussi vite. Il avait culbuté assez de filles pour avoir un peu d'expérience mais avec Marie, il se savait maladroit. Alors il n'en revenait pas de l'avoir vue se tordre sous lui dès qu'il l'avait touchée.

Obstinément, elle gardait les yeux fermés, continuant d'imaginer Nathan à la place de Joachim. C'est donc à Nathan qu'elle finit par chuchoter :

— Je t'aime…

Abasourdi d'une telle déclaration et d'une victoire aussi facile, Joachim voulut la garder serrée contre lui, mais elle le repoussa pour se relever. Elle se rajusta n'importe comment, l'air furieux.

— Tu dois avoir du travail, non ? lança-t-elle de façon plutôt agressive.

Le charme était rompu, Joachim redevenait celui qu'il fallait épouser sans joie. Elle le précéda jusqu'au camion.

— Mon père va finir par se demander ce que nous faisons dehors, dit-elle durement.

Elle le regarda escalader le marchepied puis s'installer dans la cabine. Il neigeait toujours et il dut mettre en route les essuie-glaces.

— À un de ces jours, Joachim !

— Marie !

Il l'avait rappelée d'une voix grave et elle se retourna.

— C'est ta façon de me dire au revoir ?

Il y avait de la tristesse mais aucun reproche dans son intonation. Agacée, elle lui fit signe de partir.

— Je n'ai même pas de manteau ! jeta-t-elle en guise d'explication.

Elle entendit craquer la boîte de vitesses du camion, dans son dos, l'embrayage patiner et les pneus crier sur les cailloux glacés de la cour.

— Oh, va doucement ! hurla-t-elle pour couvrir le bruit.

Elle venait de se souvenir que, si Joachim avait un accident à cause d'elle, Nathan la tuerait avec plaisir.

Assis sur une balle de paille, Joachim contemplait Noé qui s'agitait dans son box. Il détestait ce cheval. Cela ne lui était jamais arrivé. La simple idée de le monter le mettait mal à l'aise et il ne comprenait pas cette aversion de plus en plus marquée. L'important était que Nathan ne s'en rende pas compte. Son frère fondait trop d'espérances sur Noé pour que Joachim l'inquiète.

Il se leva et s'approcha de la porte du box. Lentement, il passa la main, de haut en bas, devant les yeux du cheval qui se mit à secouer furieusement la tête. Pensif, Joachim recula. Cet animal présentait une bizarrerie, oui, mais laquelle ? Au-dehors, Suzanne appelait Justin. Sans doute pour l'aider à fermer l'étable.

Nathan s'était immobilisé à la porte de l'écurie. Il souriait en regardant son frère. Au bout de toutes ces années de vie commune, il avait toujours du plaisir à le rencontrer au détour d'un bâtiment. Il chercha, un instant, comment le surprendre. Puis il observa avec plus d'attention, soudain, son manège devant Noé. Bien sûr, Nathan savait que quelque chose n'allait pas entre Joachim et le cheval. Mais c'était encore trop imprécis. Il se sentit un peu coupable et il pensa qu'il lui fallait se dépêcher de vendre Noé. Ou bien il finirait par lui demander de sauter les étoiles ! Seulement voilà, c'étaient les réticences mêmes de Joachim qui le poussaient à en exiger toujours plus. Il se demanda pourquoi il agissait ainsi et s'il en aurait fait autant avant. Avant Marie, par exemple. Il chassa cette idée absurde et s'approcha.

— Tu rêves, Joa ? demanda-t-il en envoyant une bourrade amicale à son frère qui se retrouva projeté contre le mur.

Joachim s'ébroua en riant, ravi que Nathan veuille chahuter.

— Attends, attends ! Laisse-moi respirer !

— Pourquoi ça ? s'esclaffa Nathan en marchant sur lui.

Prenant la fuite, Joachim escalada l'échelle qui

menait au grenier à foin. Nathan le regardait d'en bas, hilare, les poings sur les hanches.

— Allez, j'arrête… Descends, je ne t'embêterai pas…

Joachim attendit un peu mais Nathan avait l'air honnête. Il hésita, du haut de sa trappe, cherchant le bon angle, puis il se laissa tomber de tout son élan. Le choc fit à peine chanceler Nathan qui parvint à rattraper son frère au vol.

— Et c'est moi qui suis brutal ! s'exclama-t-il, aux anges.

— Tu es comme un arbre, lui dit Joachim.

Noé tapait du sabot sur les cloisons de son box et Nathan éleva la voix.

— La paix, toi !

Il se tourna vers Joachim et l'enveloppa d'un regard tendre.

— Tu es fou de sauter de là-haut. Si je ne te reçois pas, tu te casses une cheville, c'est sûr. Et alors, qui montera les chevaux, hein ?

— Toi !

— Pas tous, tu sais bien. Et je le regrette ! Si Noé avait quinze centimètres de plus, ah, je t'en remontrerais !

Joachim éclata d'un rire aigu, désagréable.

— J'ai dit quelque chose de drôle ? s'enquit Nathan.

— Très ! Prends-le, rien qu'une fois, et tu verras ! Ça ne va pas le tuer de te porter une heure !

À l'extérieur, Suzanne appelait pour le repas.

— Oh, qu'elle perde cette habitude, soupira Nathan. Je n'ai pas envie qu'on me sonne ou qu'on crie pour la soupe !

Il avait sauté sur l'occasion pour changer de sujet et Joachim n'insista pas.

— J'ai faim, pas toi ?

Clignant les yeux dans la lumière du couchant, ils quittèrent l'écurie. Nathan retint cependant Joachim par le bras, une seconde.

— Si quelque chose n'allait pas, tu me le dirais ?

Il y avait beaucoup de sollicitude dans sa voix, presque de la supplication. Joachim le toisa :

— Évidemment !

Peut-être auraient-ils pu se parler, ce jour-là, mais ils ne le firent pas. Au contraire, ils reprirent le chemin de la maison en silence.

Sixte se le reprocha, plus tard. Il prétendit que, s'il avait eu plus de courage, il aurait alerté Nathan. Un Nathan qui ne se rendait pas compte des dangers qu'il faisait courir à son frère.

— Il était comme ses chevaux, Nathan, tout d'instinct et de sensations. Il frémissait d'angoisse, c'est vrai, mais aussi de plaisir en regardant Joachim se débattre aux limites de ses possibilités. Si quelqu'un lui avait dit ses vérités, il se serait peut-être secoué de ce cauchemar, qui sait ?

Mais aussitôt après, Sixte se reprenait, soutenait le contraire, affirmait que c'était écrit, que leur rivalité avait eu le temps de mûrir et qu'elle était à terme, que tôt ou tard Nathan aurait cédé au vertige. C'était leur heure. Marie ou le cheval, n'importe quoi pouvait servir de prétexte. Sixte avait peur pour eux, si peur, se demandant de quel côté le coup viendrait.

Hors d'haleine, Joachim se laissa rouler sur le côté. Il s'appuya sur un coude pour regarder Marie. Les yeux fermés, elle ne cherchait même pas à se rhabiller malgré le froid.

— Couvre-toi, dit-il.

Il baissa le pull sur les seins, referma le blouson fourré. Elle ouvrit les yeux, comme si les gestes de Joachim l'avaient dérangée. Elle semblait lasse et l'observait sans trace de tendresse.

— On attendra qu'il fasse plus chaud pour recommencer, si tu veux bien...

Elle le provoquait de plus en plus souvent, s'abandonnait au mensonge un court moment, serrait les dents sur le prénom de Nathan qui lui brûlait les lèvres, puis finissait toujours par redécouvrir Joachim avec dégoût.

— Va, dit-elle sans se lever. Ton frère doit se demander où tu es !

— Il connaît sûrement la réponse, répliqua-t-il en riant.

Comment faisait-il pour ne pas voir ce qu'elle lui cachait si mal ? Après tout, peut-être y trouvait-il son compte. Elle se mit debout, remonta son jean en regardant autour d'elle. Il y avait les chevaux, dans le pré escarpé, et quelques vaches un peu plus bas dans la vallée. Elle détesta toute cette sérénité, une seconde.

— Nathan a commencé à embûcher, s'excusait Joachim, je ne peux pas lui laisser tout le travail...

Elle ne lui avait rien demandé et elle haussa les épaules. Elle le jugeait mal, à tort.

— Je te raccompagne un bout de chemin ? proposa-t-il.

— Non, laisse, va vite...

Il se méprit, la trouvant gentille de vouloir lui faire gagner du temps. Elle l'embrassa avant de se détourner. Tout de même, un peu plus loin, elle agita la main. Il la suivit des yeux un moment, sur le sentier, mais il ne pensait plus vraiment à elle. Il avait envie de parler à son frère. Il coupa à travers les taillis de la forêt qu'il connaissait par cœur. Comme il sifflait en marchant, quelques oiseaux l'imitèrent. Les premiers de la saison. Sans raison, il se mit à rire. Il se sentait bien dans sa peau de jeune homme heureux. Il avait la vie devant lui pour faire savoir à Marie qui il était. L'ombre de Nathan ne le gênait nullement : il avait grandi avec elle, il s'était fondu en elle.

Il rejoignit la piste de cross qu'il s'amusa à suivre en courant, escaladant les obstacles et trébuchant. Lorsqu'il déboucha, essoufflé, derrière l'écurie, il aperçut la silhouette de son frère qui descendait de la sapinière, sa hache sur l'épaule.

— Nathan ! hurla-t-il. Nathan !

Il y avait une telle joie guerrière dans son cri que l'autre s'immobilisa. Il regarda venir Joachim qui s'était remis à courir. Il reçut tout le poids de son petit frère contre lui, vacilla une seconde, puis lui passa la main dans les cheveux.

— D'où viens-tu, chien fou ? Tu as débusqué des lièvres ?

— Non, non ! Je… Je…

Il haletait, le regard plein de lumière, et Nathan sourit, tout attendri.

— C'est seulement une très belle journée, dit gravement Joachim.

5

Installés au salon, Nathan et Joachim avaient fait asseoir leur client. Celui-ci, âgé d'une quarantaine d'années, n'était pas un marchand de chevaux. Il venait de très loin pour acheter le gris dont Nathan lui avait longuement parlé au téléphone et ne s'était pas déplacé pour rien. On lui avait bien dit, dans le petit monde hippique, que la parole de Nathan Desroches valait toutes les certitudes, mais ce qu'il avait vu le matin même dépassait ses espérances. Joachim avait sorti le maximum du cheval. Il avait exécuté une reprise de dressage d'une grande légèreté, avec un animal parfaitement placé qui s'était montré sous son meilleur jour. Joachim savait très bien mettre un cheval en valeur. Nathan n'était jamais déçu. Et indiscutablement, dans les superbes allures du gris, dans sa cadence impeccable, il y avait eu de quoi séduire le plus difficile des acheteurs.

Ensuite ils avaient déjeuné copieusement, Suzanne ne s'étant pas ménagée non plus, dans la salle à manger qui ne servait que pour ce genre d'occasion. Enfin, rendus au salon autour d'un vieil armagnac, ils étaient tombés d'accord sur un prix. La qualité de ce que proposait Nathan était indiscutable. C'était à prendre ou à laisser, arbitraire mais définitif : le client avait pris.

Ils le raccompagnèrent jusqu'à sa voiture et, dès qu'il fut parti, Nathan se précipita sur son frère, le souleva de terre, le fit tourner deux ou trois fois puis l'expédia sur un tas de paille dans un éclat de rire.

— Tu as été splendide ! Et ce cheval !

— Au point de monter ton prix comme ça, au dernier moment ?

— Bien sûr ! Vous valiez de l'or tous les deux ce matin... Je ne sais pas ce qu'il en tirera, lui, car il est sans doute plus fin cavalier que toi, mais jamais personne n'aura ton allure sur cette bête ! Tu étais tellement bien que tu m'en as mis plein la vue, Joa. Ah, si seulement tu pouvais t'entendre comme ça avec Noé !

— Oh, Noé...

L'air dégoûté de Joachim fit rire Nathan.

— Noé vaut bien davantage, tu le sais. C'est un sauteur exceptionnel, un cheval de championnat. Je le vendrai une fortune si tu le présentes convenablement. Parce que, quand tu veux, toi...

Joachim, aux anges, se délectait de l'admiration éclatante de son frère.

— Le gris, je le lui livre après-demain. Ce sera un très long voyage, avec le camion. Tu viens ou tu restes ?

Il y avait de l'inquiétude dans la question de Nathan et Joachim quitta sa paille pour le rejoindre.

— Je viens, bien sûr ! Combien de temps ?

— Deux jours, en faisant vite.

— Mais les chevaux ?

— Ah, les chevaux... Évidemment...

— Et en partant de nuit ?

— Épuisant.

— Je peux conduire aussi, tu sais !

Ils se regardèrent, certains de partager l'envie de voyager ensemble. Joachim insista.

— Sixte peut les nourrir, pour une journée !

— Pas raisonnable, ça...

— S'il te plaît, Nathan !

Mais son frère secouait la tête, embarrassé.

— Je ne veux rien demander à Sixte. Et puis je n'ai pas confiance.

Personne ne pouvait le remplacer, il en était persuadé, et n'avait d'ailleurs jamais cherché à se débarrasser de ses responsabilités. Seulement il mourait d'envie d'avoir Joachim à ses côtés pour cette escapade. Il tenta de résister, s'abritant derrière une agressivité soudaine.

— Tu n'as donc pas envie de rester seul deux jours ? Tu pourrais travailler Noé à ton idée, pour une fois, et aller passer tes après-midi avec Marie !

— Je ne sortirai pas Noé seul. Il n'en est pas question ! C'est ton œuvre, cette carne, pas la mienne. Et puis tu as toujours prétendu que les chevaux avaient besoin d'un jour de repos de temps en temps ! Quant à Marie... Oh, Nathan, laisse-moi t'accompagner, s'il te plaît... Tu veux ?

Nathan s'illumina d'un sourire attendri.

— Bien sûr que je veux. Je veux toujours ce qui te fait plaisir et tu en profites ! On partira demain soir.

Joachim avait beau être content, c'était Nathan le plus heureux des deux.

Sixte devait constater, par la suite, que ce fut leur dernier moment de bonheur. Rien qu'eux deux et un superbe cheval dans ce camion lancé sur les routes.

Toutes ces heures passées à fixer la lueur des phares dans la nuit en essayant de deviner le prochain virage. Leurs mots accordés comme leurs silences, leurs rires identiques, leurs souffles confondus : la joie.

Oui, ils furent heureux, sans aucun doute, vraiment heureux de cet ultime voyage. Ils livrèrent un cheval de rêve à un connaisseur, ils conduisirent à tombeau ouvert une machine de vingt tonnes, ils s'arrêtèrent au gré de leurs humeurs : ils vécurent ces deux nuits et ce jour comme quelque chose d'idéal qu'ils étaient seuls à pouvoir s'offrir.

Il était minuit. Dans l'office, Sixte brossait machinalement les bottes de Nathan, et il pensait à son gendre. Il l'imaginait au volant de son poids lourd et il se prenait à sourire. C'était somme toute étrange de ne pas sentir la présence de Nathan dans la maison.

Il ne fut pas surpris d'entendre Suzanne qui descendait l'escalier. Il savait qu'elle profiterait de l'absence de son mari pour venir lui parler.

— Tu n'as pas fini, papa ?

Elle passait la tête à la porte.

— Dans cinq minutes…

Elle entra et vint s'asseoir près de lui.

— Je trouve que ça fait drôle de ne pas les savoir là, tous les deux… J'espère qu'ils sont prudents ?

— À l'aller, ils ont dû l'être, pour ménager le cheval. Mais au retour, ils s'en donnent sûrement à cœur joie !

Sixte riait en songeant qu'un camion, entre les mains de Nathan, n'était guère plus impressionnant qu'une bicyclette.

— Justin dort, dit Suzanne sans raison.

Elle regarda son père travailler un petit moment. Enfin il reposa les bottes.

— Tu nous fais chauffer un petit extra ? proposa-t-il.

La nuit était froide, étoilée. Ils allèrent s'installer dans la cuisine.

— Quelque chose te tourmente, ma fille ?

Pour dissimuler sa gêne, elle s'affairait.

— Pas vraiment... Si, tout de même, ce mariage...

— Pourquoi donc ?

— Parce que...

Elle hésita mais elle avait besoin de se confier.

— Parce que je ne crois pas que ça plaise à Nathan. Même s'il se comporte normalement.

— Normalement !

Sixte avait protesté, aigri. Il tenait Nathan pour fou, de toute façon, et plus encore depuis quelque temps.

— Il en passe par là parce qu'il ne pouvait plus supporter de voir souffrir Joachim... Mais il est coincé entre le marteau et l'enclume... Et puis il n'aime guère les changements, ton mari !

— Oh, il n'y en aura pas, soupira Suzanne. Même quand Joachim sera devenu grand-père, Nathan le considérera toujours comme son petit frère, j'imagine ! L'arrivée de Marie ne va pas chambouler grand-chose...

Sixte était bien d'accord mais il restait inquiet, anxieux à l'idée de cette noce et de ses conséquences.

— Pourquoi Joachim n'a-t-il pas fait sa demande lui-même ?

Suzanne haussa les épaules avec lassitude.

— Parce qu'il veut tout devoir à l'autre... Moi qui le connais bien, je t'assure qu'il a envie d'épouser Marie, ça oui ! Mais pas si ça dérange Nathan. C'est sa façon d'être, à Joachim... Il veut tout à la fois, la gamine pour femme et la bénédiction de son frère.

Rien n'était vraiment nouveau là-dedans, mais ils osaient en parler, pour une fois.

— Je me demande, dit lentement Sixte, si ce n'est pas Joachim le plus acharné des deux... En tout cas, c'est lui le prisonnier.

Elle fronça les sourcils, ne comprenant pas.

— Papa, quand même, il est amoureux ! Il en a bavé, cet hiver. Certains soirs, il rentrait avec un air si triste...

— Le cœur tremblant d'avoir déplu à son frère, oui !

Sixte ne voulait pas aller plus loin. Suzanne avait ses limites et, surtout, elle avait Nathan dans la peau. Il attendit jusqu'à ce que ce soit elle qui reprenne :

— Remarque... Il y a une chose... Ah, je ne trouve pas mes mots... Nathan paraît un peu...

— Pas comme d'habitude ?

— Moins... Moins vivant. Par exemple pour les coupes en forêt, chaque année il a hâte que le moment arrive, eh bien, cette fois tu as vu, il a presque fallu qu'il se force !

Réprimant un frisson, Sixte dit, très doucement :

— Espérons que ça lui passera...

Il était sincère avec sa fille, seulement il ne pouvait pas tout dire. Il ne voulait pas évoquer la manière dont Nathan s'énervait, chaque matin, contre son frère à cheval. Ni attirer l'attention de Suzanne sur cette violence nouvelle, physique, qu'il observait entre eux. Il préférait dissimuler son inquiétude devant les colères de Nathan qui, si elles épargnaient toujours Joachim, le serraient quand même de plus en plus près. Et, par-dessus tout, il tenait à passer sous silence cette lueur hagarde, démente, qu'il avait parfois surprise dans les yeux de Nathan.

— Comment est-il, avec toi ? se borna-t-il à demander.

— Pareil. Il me semble…

— Et cette arcade sourcilière fendue, l'autre jour, il s'était fait ça comment ?

— À cheval, je suppose !

Il hocha la tête, dubitatif, et glissa encore une question.

— Justin n'est pas un peu énervé, en ce moment ?

Décidément, il se renseignait, mais Suzanne n'avait rien remarqué.

— Tu trouves ?

— Je trouve…

Et ça l'inquiétait car, à défaut d'intelligence, le simple d'esprit avait un instinct d'animal.

Ils se levèrent et se mirent à ranger la table. Lorsqu'ils se séparèrent, Sixte serra sa fille contre lui avec une tendresse inhabituelle.

— Dors bien, Suzanne, chuchota-t-il. Profites-en, la maison est calme !

Plus tard, bien des années après, quand l'horreur se fut un peu estompée des mémoires, on a essayé de faire parler la veuve, Mme Joux. C'est elle qui en savait le plus, sans doute, avec Sixte. Mais elle ne confia que peu de choses. Elle voulait bien raconter les années d'avant, la jeunesse de Nathan et l'enfance de Joachim. Elle restait admirative, lorsqu'elle évoquait Nathan. Elle avait oublié la frayeur qu'il lui inspirait alors. Quinze ans à trembler et, au bout du compte, comme une grande affection, presque de la reconnaissance. Lorsqu'elle travaillait à la ferme

Desroches, au moins elle existait. Après, ce ne fut plus pareil.

Nathan lui avait fait vivre une servitude un peu éblouie. Elle ne tarissait pas d'éloges lorsqu'elle se remémorait ses manières si douces pour Joachim. Elle affirmait que le gamin avait été plus heureux qu'on ne peut l'être à cet âge, avec un frère comme ça pour toute famille. Elle disait la tendresse folle de l'un pour l'autre. Et les soirées passées à essayer de faire manger Joachim enfant. Elle prétendait avoir souvent entendu Nathan chanter. Chanter ! On avait du mal à l'imaginer. Mais on la croyait, car on le savait capable de n'importe quoi pour Joachim. Même chanter.

Elle parlait de Justin, aussi, assurant que c'était un luxe que Nathan s'était payé, ce frère qui ne faisait rien, mais alors là rien du tout, hormis ces drôles de poupées. Des simples, on en rencontre dans les villages, on leur confie des tâches simples et ils rendent des services. Après tout, c'est lourd, une ferme ! Justin aurait bien pu... Mais non, Nathan ne voulait pas. Justin était sa croix, il l'avait portée sans commentaire.

Tandis que Joachim – elle insistait là-dessus –, Joachim avait été la récompense de Nathan, son paradis et son enfer, à la fin. Elle donnait des détails. Comment Nathan avait pu trembler, lui que rien ne faisait jamais sourciller, devant les maladies infantiles de Joa. Et même, un matin qu'elle arrivait, il l'avait fait danser, oui, quelques pas esquissés, tellement il délirait de joie parce que la fièvre du petit était tombée après une scarlatine.

Elle était toujours au bord des larmes quand elle racontait ça, la veuve. Et la suite avec, mais pas jusqu'au drame. Elle témoignait de leur force, de leur puissance en ce temps-là. Quand Joachim avait presque rejoint Nathan en taille et que, l'un fin et l'autre lourd, ils arpentaient les prés escarpés où paissaient leurs chevaux. Ces bêtes, Mme Joux les avait souvent admirées, de loin, parce qu'il n'était pas possible de rester insensible quand Joachim en faisait danser une.

Elle donnait toutes les précisions qu'on voulait sur cette période reculée, mais elle se taisait, de façon abrupte, dès qu'on avançait vers la fin de l'histoire. Alors elle se contentait de hocher la tête. Elle était devenue bien vieille, elle ne voulait plus savoir.

Il y eut encore quelques journées que rien ne distingua des autres. Un dimanche où Justin porta ses fleurs au cimetière, comme à l'accoutumée. Une ou deux visites de Marie, une ou deux colères de Nathan. Puis ce fut le mois de mars, blanc d'un givre tardif, tout frileux. Avec des chevaux encore plus bouillants que d'habitude, rendus braques par l'arrivée du printemps. Nathan et Joachim avaient vécu leur vie.

Joachim se sentait mal, à bout de fatigue et d'énervement. Nathan le harcelait depuis plus d'une demi-heure, et Noé était absolument impossible ce matin-là. Ils avaient longuement peiné sur quelques barres anodines. Comme chaque matin, c'était le dernier cheval qu'ils sortaient. Ils l'avaient beaucoup ménagé, depuis quelques jours, ce qui expliquait sa forme extraordinaire.

En guise d'exercice de mise en train, Nathan avait dressé un oxer et deux droits, ni hauts ni méchants. Mais Noé était mal disposé, il avait envie d'aller vite et il luttait en force contre la main de son cavalier. Il se présentait mal, comme exprès, et Nathan hurlait de rage depuis sa barrière. Imperceptiblement, la tension montait entre les deux frères.

— Si c'est pour aller sur le cross, foutons-lui la paix ici, avait protesté Joachim. Il devient fou !

— Comme tu y vas… Tu partiras dans la forêt avec un cheval prêt. Pas maintenant ! Tu ne le sens donc pas ? Il est sur le point d'exploser !

— Justement ! Laisse-le se défouler sur le cross, il en meurt d'envie, ce con !

— Tu te tais et tu fais ce que je dis, vu ?

Et le temps avait passé, donnant tort à Nathan, car Noé s'énervait et Joachim aussi. Nathan finit par se contenter d'un passage à peine correct, puis il demanda à Joachim de tourner au pas.

— Calme-le et calme-toi, dit-il avec fureur.

Sans indulgence, il regardait son frère.

— Si c'est comme ça maintenant, qu'est-ce que ce sera après !

— Après quoi ?

— Après ton mariage !

— Oh, lâche-moi avec ça ! s'insurgea Joachim.

Vexé, Nathan plissa les yeux.

— Va chercher ton casque. Même ça, tu n'arrives pas à y penser ! C'est pourtant pas nouveau… Descends et dépêche ! ordonna-t-il.

Joachim s'arrêta près de son frère. Il semblait prêt à répliquer mais il se ravisa et mit pied à terre. Nathan attrapa la bride de Noé sans un regard pour Joachim.

— Grouille-toi, il se refroidit !

Comme Joachim avait pris tout son temps pour revenir de la sellerie, Nathan le remit en selle brutalement. D'un coup d'œil, il vérifia les guêtres et les cloches sur les membres du cheval, puis il leva la tête vers Joachim qu'il considéra, incrédule.

— Nathan… Je ne l'ai pas trouvé… J'ai dû le laisser à la maison… Oh, écoute, on ne va pas faire un drame pour un casque ! Je sais que tu n'es pas content...

Nathan serra les poings dans les poches de son blouson.

— Joachim..., gronda-t-il. On va finir par s'engueuler pour de bon un de ces jours ! Tu te conduis comme un abruti. Le casque, ce n'est pas une brimade, tu sais ! Je ne tiens pas à te ramasser à la petite cuillère. T'as pas intérêt à ce que je trouve ce casque en rentrant, tout à l'heure... Pour le moment, suis-moi !

Nathan marchait vite mais Joachim eut du mal à maintenir Noé au pas, derrière son frère. La direction de la forêt excitait prodigieusement le cheval. Ils parvinrent au début de la piste sans avoir échangé un mot. Une seconde, Nathan inspecta le paysage autour de lui.

— Bon... Tu reviendras seul ici, au petit trot, mais avant, je veux te montrer quelque chose...

À grandes enjambées, il s'était engagé dans l'allée. Il entendait, dans son dos, le souffle précipité de Noé, le bruit de la gourmette que le cheval secouait de façon spasmodique, et les fers des sabots qui dérapaient sur les pierres du chemin. Ils allèrent jusqu'à un profond fossé précédé des troncs d'arbres qui leur avaient donné tant de mal.

— Là, il aura peur, annonça Nathan.

Joachim regarda les abords de l'obstacle avec inquiétude.

— Le fond du trou est noir, poursuivait Nathan, et les troncs sont placés très haut. Il va s'enlever comme pour un droit et il s'apercevra qu'il lui faut atterrir bien au-delà. Tu dois impérativement le laisser voir. Pour ça, il faut qu'il garde la tête baissée. Si tu viens trop vite, c'est dangereux. Tu m'entends, Joa ?

— Oui, oui...

— Joachim !

Furieux, Nathan l'interpellait avec hargne.

— Écoute-moi vraiment, bon sang ! Tu peux à peine le tenir, je sais de quoi je parle ! Ne le laisse pas faire. Après, s'il en a envie, qu'il accélère donc ! Mais pas avant, à aucun prix. Je veux qu'il arrive ici un peu en dessous d'un train de cross pour qu'il puisse se régler tout seul. Compris ?

Exaspéré par les mouvements incessants du cheval, Joachim ne répondit pas.

— Joa, avertit Nathan, je te descends de là-dessus et je te casse la figure si tu continues à faire le sourd…

Stupéfait de la violence du propos, Joachim jeta un coup d'œil à Nathan. Jamais son frère ne l'avait menacé. Joachim fit un effort sur lui-même.

— Je t'entends très bien, Nathan. Je ne me sens pas à l'aise… Tu vas rester là ?

— Oui. C'est à cet endroit que tu risques d'avoir des soucis.

Noé choisit cet instant pour faire un écart brusque et Joachim, surpris, pâlit un peu. Nathan, sourcils froncés, interrogea :

— Tu as la trouille, Joa ?

Ils échangèrent un regard. Il y avait une ombre dans celui de Joachim. Pire que de la peur, une vraie panique.

— Donne-le-moi, dit Nathan en tendant la main.

— Non ! Tu es trop lourd pour lui… Et puis tu n'en as pas du tout l'habitude… En plus, il est particulièrement mal luné ce matin…

— En tout cas, moi, il ne m'embarquera pas !

— Moi non plus.

Le cheval piaffait. Il profita du passage d'un merle pour faire un rapide demi-tour et tenter un démarrage en plongeant la tête entre les jambes. Joachim, les mâchoires crispées, le remit dans le chemin. Nathan sentait que quelque chose n'allait pas. Il hésitait. Joachim, de son côté, aurait préféré se couper les deux mains plutôt que passer pour un lâche devant son frère.

— J'y vais ! Je ferai exactement ce que tu as dit…

Il s'éloignait déjà. Nathan le suivit longtemps du regard. Il eut conscience d'un danger imminent. Les moyens exceptionnels de Noé l'avaient aveuglé depuis des mois. Il en avait voulu beaucoup trop et surtout beaucoup trop vite, il le savait bien. Le moins qu'on puisse constater était que le cheval n'était pas aux ordres. Il n'y avait qu'à regarder sa silhouette qui disparaissait, là-bas, entre les arbres, toujours tordue d'un côté ou de l'autre, incapable de rester droite. Oui, ce cheval était peut-être dangereux. Dans tous les cas, il n'était pas fiable. Joachim le savait, lui. Joachim, qui n'avait jamais peur de rien, semblait si mal à l'aise sur Noé que Nathan aurait dû comprendre depuis longtemps qu'il y avait un réel problème.

Il eut envie de rattraper son frère mais l'orgueil l'arrêta. Il ne pouvait pas avoir tort à ce point-là ! Il prit une profonde inspiration, pour se calmer et décida qu'il allait tout reprendre du début. Mais déjà, un bruit avait attiré son attention. D'un coup, il se sentit pétrifié. La foulée de Noé devenait perceptible, martelant la terre. C'était beaucoup trop rapide, un train d'enfer, il n'avait pas besoin de le voir pour le savoir.

— Joachim ! hurla-t-il. Joachim ! Reprends-le !

De toute sa voix, il criait comme un fou. Noé apparut, soudain, entre les sapins. Nathan ne pouvait plus rien tenter pour l'arrêter. Il préféra ne pas descendre sur la piste, priant pour que son frère l'entende. De loin, Joachim lui parut lutter violemment contre le cheval qui, sous la douleur du mors, tenait sa tête bien trop haute pour voir où il allait. Blanc d'écume de l'épaule à la croupe, son galop désordonné sembla insensé à Nathan. Il se mit à trépigner.

— Laisse-le regarder ! Rends-lui tout !

Joachim, livide, passa si vite que Nathan réalisa avec une malheureuse seconde de décalage l'ampleur de l'affolement de son frère. Noé s'enleva trop tard, heurta le tronc supérieur brutalement, du poitrail, et bascula en chandelle vers le fond du fossé.

Après, il y eut le silence. Le silence habituel de la forêt que Nathan connaissait par cœur. Nathan qui ne bougeait pas, les pieds bien écartés sur le sol. Il ne tournait même pas la tête vers l'obstacle. Il attendait. Il laissa passer quelques secondes durant lesquelles il écouta encore. Puis, très lentement, il se mit en marche. Quinze mètres à peine le séparaient du fossé. Quinze mètres ! Il soufflait comme un phoque. Il dut s'arrêter plusieurs fois, chaque pas étant une torture.

Enfin il contourna les troncs d'arbres. Il ne fut pas surpris. Le silence le lui avait appris : il savait. Noé était couché sur le flanc droit. Nathan enregistra que les naseaux de l'animal palpitaient. Il fit encore un pas, le plus terrible. Joachim avait les yeux ouverts, mais c'était fini. Nathan se pencha un peu. Les jambes de Joachim étaient prisonnières sous Noé. Nathan se redressa, respirant à grand-peine. Du regard, il chercha autour de lui. Il dut s'éloigner un peu pour attraper la pierre qu'il avait choisie. Il la soupesa, d'une main dans l'autre. Puis il se tourna vers la tête du cheval et il frappa de toutes ses forces, longtemps. Lorsqu'il s'arrêta, il n'y avait plus, dans le prolongement de l'encolure musclée, qu'une infecte bouillie sanglante. Il enjamba alors le corps de l'animal et le saisit par les antérieurs. Il n'eut aucun mal à le déplacer, malgré le poids, malgré le bord du fossé. Il aurait pu soulever bien davantage qu'un cheval pour dégager son frère, mais c'était quand même incroyable, la force de ce colosse. Ensuite il se mit à genoux. Il tendit la main mais n'alla pas au bout de son geste. Il renonça à lui fermer les yeux.

— Joachim, dit-il tout bas, regarde-moi, oui, puisque tu ne m'écoutes jamais…

Mais ce fut lui qui se détourna.

— Fallait pas avoir peur, Joa, fallait tout lâcher… Même sans ton aide, il aurait avalé ce trou facilement… Ou peut-être pas… Il était fou, hein ? Tout à fait fou… Il ne te fera plus peur, maintenant, je l'ai détruit, effacé.

Il reporta son regard sur son frère, éleva la voix.

— Mais pourquoi n'as-tu pas insisté, bon Dieu, Joa ? Puisque tu le savais, toi ! Il y en a, comme ça, qui sont tarés… Pourquoi m'as-tu fait confiance ? Depuis toujours, tes yeux tranquilles comme maintenant, certains que Nathan ne peut pas se tromper. Infaillible, ton grand frère ? Tu vois où ça t'a mené ! Viens, Joa, viens…

D'une main, il souleva Joachim pour le plaquer contre lui.

— Alors c'est là qu'on s'arrête ? Comme tu veux, petit…

Il se releva sans le lâcher et le fit basculer sur son épaule.

— On rentre, va… Mais si seulement je m'étais demandé pourquoi tu avais peur ! Peur, toi ! Une nuit tu m'aurais dit qu'il n'était pas normal, pas comme les autres, je t'aurais cru ! C'est vrai qu'il m'en mettait plein la vue à s'enlever comme ça au-dessus des montagnes, mais tu aurais dû me l'arracher de la tête. Puisque tu savais ! Ah, je ne l'aurais pas cru capable de se jeter là-dessus de cette façon. Toi, tu devais attendre ça et le redouter, non ? Et moi... Eh bien, peut-être que ça me faisait plaisir de te savoir en danger, après tout...

Sans cesser de parler, il se mit en route. S'il s'était tu, s'il s'était accordé un demi-instant pour admettre la réalité, il aurait perdu la raison sur-le-champ. Et il avait quelque chose d'important à faire avant.

— C'était pas ton ami, ce cheval, et il t'a joué un sale tour ! Quand même, il a payé, va... Je m'en fous, tu sais, des chevaux. Tu ne me crois pas ? Attends un peu... Bon sang, Joachim, si nos parents avaient vu ça, qu'est-ce que j'aurais pris ! C'est que je suis responsable de toi...

Ses idées s'embrouillaient, il bafouillait, écorchant la fin de chaque mot. Il s'était mis à pleuvoir.

— Manquait plus que ça ! Tu n'as pas froid, au moins ?

Tout de même, il tituba une seconde sous le poids inerte de Joachim. Il le tenait solidement mais il assura davantage sa prise. Il étouffa un très bref soupir. Quelque chose se déchirait en lui, hurlait, quelque chose qu'il ne pouvait pas laisser monter à sa gorge. Il ne lui restait que ces quelques minutes où Joachim était là, contre lui, tiède, abandonné, et où il pouvait encore repousser l'évidence. Il ne voulait pas se laisser emporter par la vague déferlante qui le guettait et qui ne lui laisserait aucune chance avant d'avoir fini sa tâche. D'une voix blanche, il reprit son monologue.

— Enfant, tu ne pleurais pas vraiment, tu avais juste de l'eau plein les yeux, comme maintenant... Et il fallait te consoler ! Oh, ça ne me coûtait pas, c'était plutôt le paradis...

Il balbutia, cherchant son souffle. Mais la forêt s'éclaircissait enfin, les derniers sapins défilaient. Il y avait toujours ce silence atroce, malgré la pluie et malgré la respiration devenue sifflante de Nathan.

— Tu te souviens de ton premier cheval, toi ? Moi, oui ! J'avais peur pour toi mais j'étais tellement fier. Comme aujourd'hui... Tu as toujours eu l'étoffe d'un grand cavalier. Tiens, le gris par exemple, sans toi je le vendais deux plaques de moins, sûr ! Ah, tiens-toi un peu, Joa, tu glisses, encore un effort, on y est presque... Tu sais que j'ai toujours tout fait pour ton plaisir. S'il te plaît, Joa, s'il te plaît. Tu me ferais passer par le chas d'une aiguille ! Si, si... Alors on va faire comme tu l'as décidé, mais je t'assure que ça ne m'amuse pas...

Il ne chancela qu'un instant en montant la dernière rampe de la forêt. Il lui fallait parler ou suffoquer. Malgré toute sa volonté Joachim pesait, inerte.

— Tu m'en auras fait voir, toi ! Il m'a fallu telle-ment t'aimer... Oh, ton besoin d'être aimé ! Toujours plus, hein ? Oui, va, je t'ai aimé tant que j'ai pu... Tu m'as toujours semblé si léger... Sauf aujourd'hui, Joa. Allez, tiens bon, nous y sommes...

Parvenu près de l'écurie, il tourna péniblement la tête vers la maison et appela, d'une voix qu'il parvint à rendre forte :

— Justin ! Justin, viens !

Dès qu'il entendit la porte de la cuisine, il pénétra dans l'écurie, Joachim toujours sur son épaule. De son bras libre, il décrocha un fusil et tâtonna pour trouver les cartouches sur l'étagère. Lorsque Justin fut entré, furtivement comme à son habitude, Nathan ferma la porte de l'écurie.

Dans le bar, le silence était revenu. Le poêle avait beau ronfler, nous avions tous froid. Sixte tapait sa pipe au bord d'un cendrier ébréché. Qu'il avait donc l'air vieux ! Où allait-il trouver la force de se lever, de quitter l'auberge, de marcher dans la neige qui devait tout recouvrir, au-dehors, de rentrer seul chez lui ? Seul depuis très longtemps. Suzanne était loin, dans son asile, et tous les Desroches au cimetière, près de l'église.

Mathieu et Marie Guérard avaient quitté la région peu après le drame. Il ne restait rien à Sixte, rien que ces images reformées des temps anciens. Et, certains soirs d'hiver, cette tragédie à raconter à ceux qui s'en souvenaient mal ou aux autres, les étrangers qu'il envoûtait avec son récit.

Sixte était debout, sa canadienne tombant lamentablement sur ses épaules maigres. Il tangua entre les tables, un instant, puis il attrapa sa canne à bout ferré près de la porte et, sans un regard pour nous, il disparut dans la nuit.

J'ai essayé de l'imaginer, montant la rue puis s'enfonçant dans le chemin qui le ramenait à sa petite ferme. La maison de Nathan, avec sa tour incroyable, un peu plus haut dans la vallée, dormait de tous ses volets fermés depuis dix ans, attendant que Juliette, à sa majorité, quitte son orphelinat.

Le patron offrit la tournée et chacun but en silence. Le cœur n'y était plus. En pensée, nous suivions Sixte que les fantômes démesurés de Nathan et de Joachim devaient accompagner.

— Le reste, Sixte a eu assez de mal à le dire une fois aux gendarmes, il n'y reviendra plus, murmura l'aubergiste d'une voix éteinte.

Nous nous tournâmes vers lui et il raconta, les yeux dans le vague :

— Les coups de fusil les ont d'abord cloués sur place, Sixte, Suzanne et la veuve. Puis ils se sont tous précipités hors de la maison. La porte de l'écurie était solide. On s'est rendu compte, par la suite, que Nathan avait mis la barre transversale en place. Suzanne pouvait toujours crier et frapper de l'autre côté. On pense qu'il a dû tuer les chevaux d'abord, une cartouche par bête et entre les deux yeux. Et recharger chaque fois... Il n'a fait grâce à aucun. Du travail propre, on pourrait dire. Et pour Justin, pareil. À bout portant et en plein cœur. Sixte affirme que Nathan a fini par Justin parce qu'ils l'ont entendu glapir jusqu'au bout, de l'autre côté de la porte. Mais il y a eu pire, pour Suzanne et Sixte. Après la fusillade, Nathan a remué là-dedans. Il a dû monter l'escalier qui conduisait au grenier à foin. Et comme ils écoutaient de toutes leurs oreilles, ivres d'angoisse, il y a eu ce hurlement d'épouvante dont Sixte, dix ans après, ne veut toujours pas se souvenir. Suzanne a prétendu reconnaître le nom de Joachim dans ce cri de damné. Peut-être Nathan a-t-il compris, à ce moment-là, que son frère était mort ? Sa voix s'est répercutée un moment dans la montagne. Horrifié, Sixte est parti chercher les gendarmes. Ils ont tout cassé, pour pouvoir entrer, et ils ont trouvé Nathan par terre. Il s'était pendu mais la corde avait cédé, sous le poids. C'était sans importance, en somme. Les vertèbres brisées, Nathan avait dû mourir sur le coup. C'est quand elle l'a vu que Suzanne est devenue folle. Il était allongé, un peu recroquevillé, et on suppose que lorsqu'il a sauté dans le vide il avait toujours Joachim avec lui parce que, même mort, sur ce sol de terre battue, il tenait encore son petit frère serré contre lui, sur son cœur, et on a eu toutes les peines du monde à les séparer.

POCKET N° 15514

> *« La recette du succès ? Des histoires habitées par des personnages vrais, confrontés aux choses de la vie. »*
>
> *Femme actuelle*

Françoise BOURDIN
SERMENT D'AUTOMNE

Guillaume, brillant architecte, met momentanément de côté sa carrière pour se rendre au chevet de son jumeau, Robin, gravement malade.

Ce qui devait n'être qu'un court séjour s'éternise au fur et à mesure que les problèmes s'accumulent : le paysan chargé des vignes familiales menace de partir et la femme de Robin, enceinte, ne s'en sort plus.

L'arrivée de Ralph, le fils rebelle de Guillaume, qui vient de lui voler sa fiancée, ne va pas arranger les choses...

Retrouvez toute l'actualité de Pocket sur :
www.pocket.fr

POCKET N° 14993

FRANÇOISE
BOURDIN

LE TESTAMENT
D'ARIANE

*

ROMAN

« *Un ouvrage pre-
nant, bien écrit,
passionnant.
Une belle saga
familiale dont
on attend avec
impatience
la suite.* »

Le Courrier Indépendant

Françoise BOURDIN
LE TESTAMENT D'ARIANE

À la mort d'Ariane Nogaro, sa nièce Anne hérite
de tous ses biens, dont la demeure familiale nichée
entre forêt et océan. Aussitôt, de vieilles rancœurs
ressurgissent, et l'unité de la famille vole en éclats.
Cet héritage ressemble de plus en plus à un cadeau
empoisonné...

**Le tome 2, *Dans les pas d'Ariane*, est disponible
chez Pocket.**

Retrouvez toute l'actualité de Pocket sur :
www.pocket.fr

POCKET N° 14164

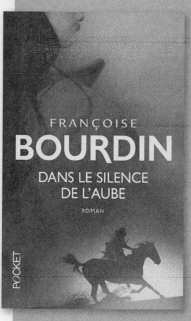

« *Son secret ?*
Des intrigues
bien ficelées,
des personnages
ancrés dans
la réalité. »

Claire Julliard
Le Nouvel Observateur

Françoise BOURDIN
DANS LE SILENCE
DE L'AUBE

Dans le milieu des courses hippiques, la bataille
ne s'arrête pas à la ligne d'arrivée. Après le terrible
accident qui a contraint son grand-père à une retraite
anticipée, Axelle Montgomery, 18 ans à peine, est
propulsée à la direction de l'écurie familiale.

Dix ans plus tard, les propriétaires des chevaux
doutent toujours de ses capacités. Deux hommes se
disputent ses faveurs et elle ne sait lequel choisir.
Quant à son frère, jaloux de sa réussite, il tente de
prendre sa place... Mais Axelle compte bien forger
son destin comme elle l'entend.

Retrouvez toute l'actualité de Pocket sur :
www.pocket.fr

Composition et mise en pages
Nord Compo à Villeneuve-d'Ascq

Imprimé en France par

BRODARD & TAUPIN

à La Flèche (Sarthe)
en août 2014

POCKET – 12, avenue d'Italie – 75627 Paris Cedex 13

N° d'impression : 3006624
Dépôt légal : septembre 2014
S22922/01